16,80

T0244058

Las hermanas de Borgo Sud

NEFELIBATA

Donatella Di Pietrantonio

Las hermanas de Borgo Sud

Traducción de Nela Nebot

Duomo ediciones

Barcelona, 2021

Título original: *Borgo Sud*
© 2020, Giulio Einaudi editore s.p.a., Turín
© de la traducción, 2021 de Nela Nebot
© de esta edición, 2021 por Antonio Vallardi Editore S.u.r.l., Milán

Todos los derechos reservados

Primera edición: octubre de 2021

Duomo ediciones es un sello de Antonio Vallardi Editore S.u.r.l.
Av. de la Riera de Cassoles, 20. 3.º B. Barcelona, 08012 (España)
www.duomoediciones.com

Gruppo Editoriale Mauri Spagnol S.p.A.
www.maurispagnol.it

ISBN: 978-84-18538-33-9
Código IBIC: FA
DL B 15.735-2021

Diseño de interiores:
Agustí Estruga

Composición:
David Pablo

Impresión:
Romanyà Valls

A Paolo,
por la fuerza que desconocías tener

Esta es una obra de fantasía. Cualquier referencia a lugares, hechos y personas responde a las libres leyes de la imaginación.

Por exigencias narrativas, se han introducido ligeras modificaciones en la topografía de Pescara y en la cronología de algunos eventos.

Cuando me casé, tenía veinticinco años. Durante mucho tiempo había deseado casarme y a menudo pensaba, con un sentimiento de abatida melancolía, que no tenía muchas posibilidades.

Natalia Ginzburg, *Mi marido*

1

La lluvia se derramó sobre la fiesta sin el aviso de un trueno, ninguno de los invitados había visto que las nubes se espesaran sobre las colinas oscurecidas de bosques. Estábamos sentados a la larga mesa, puesta sobre el prado, cuando el agua comenzó a golpearnos. Comíamos espaguetis *alla chitarra*, las botellas ya estaban medio vacías. En el centro del mantel bordado, la corona de laurel que Piero se había quitado después de las fotografías desprendía su aroma. A las primeras gotas miró al cielo y luego a mí, que estaba a su lado. Se había quitado la americana y la corbata, se había abierto el cuello de la camisa y se había subido las mangas hasta los codos: su piel irradiaba salud, luminosidad. Había dormido poco, y yo con él, solo hacia la mañana. Por unos instantes, cuando me desperté, ya no sabía quién era ni a quién amaba, ni que empezaba un día feliz.

Piero me miró, sorprendido por el mal tiempo. Una bola de granizo golpeó el vino de su copa. Algunos seguían moviendo las mandíbulas, sin saber qué hacer.

Mi hermana ya se había levantado de un salto y recogía las bandejas con la pasta sobrante y las cestitas del pan, las ponía a salvo en la cocina de la planta baja. Nos refugiamos bajo un cobertizo, mientras Adriana seguía corriendo, entrando y saliendo, empujada por el viento. Luchaba por la comida contra el temporal, no estaba acostumbrada a desperdiciar nada. Me había asomado para quitarle de las manos las últimas bandejas cuando un trozo de canalón cedió y cayó sobre mí. Desde el pómulo herido, la sangre se deslizó hasta mi pecho, mezclándose con el agua de lluvia. Había elegido un vestido blanco para la ocasión. Me sentaba bien, había dicho Adriana por la mañana, era una especie de prueba del vestido de novia. Llegamos temprano para ayudar con los preparativos. Desde la ventana vi el vuelo bajo y silencioso de las golondrinas, presentían la lluvia. La madre de Piero, en cambio, no se lo esperaba e insistió en celebrar la graduación en la casa de campo.

Conservo una fotografía de los dos, mirándonos enamorados, Piero con el laurel en la cabeza y ojos de devoción. En una esquina aparece Adriana, entró en el plano en el último momento: su imagen aparece movida y su pelo traza una estela marrón. Nunca ha sido discreta, siempre se ha entrometido en todo lo relacionado conmigo como si también fuera suyo, incluido Piero. Para ella, él no era muy distinto de un hermano,

pero amable. Mi hermana reía despreocupadamente a
la cámara, sin imaginar lo que íbamos a vivir. He traído
conmigo la foto en este viaje: somos tres jóvenes en-
cerrados en un bolsillo interior del bolso.

Años después, Adriana y yo encontramos el vestido
entre las prendas que ya no usaba, en la tela permanecía un ligero halo de sangre.

—Esto era una señal —dijo agitándolo delante de mi
cara.

2

No consigo dormir en esta habitación de hotel. Me rindo al agotamiento, pero pronto me sobresalto y abro los ojos en la oscuridad. Ha pasado mucho tiempo desde entonces y la fiesta de graduación de Piero es un recuerdo infiel, o un sueño fragmentario. Quizá ya no pueda restablecer la verdad sobre nada, después de la llamada que recibí ayer. Por debajo de la puerta se filtra la luz tenue del pasillo, pisadas amortiguadas. Pasan otros recuerdos, llenos de gente, desordenados. La memoria elige sus cartas de la baraja, las intercambia, y, a veces, hace trampas.

He viajado todo el día en diferentes trenes, escuchando los anuncios por megafonía primero en francés y luego en italiano. Los nombres de las estaciones más pequeñas, donde no hemos parado, desaparecían al instante, algunos no he conseguido leerlos. De repente, por la tarde, la ventana se ha llenado de mar, el Adriático con sus ondulaciones, tan cerca del ferrocarril en algunos lugares. Al cruzar Las Marcas he vuelto a experimentar la ilusión óptica de los edificios inclinados hacia la playa, como atraídos por el agua. Adriana no sabe que he llegado. Iré a verla mañana, pero no a Borgo Sud.

Aquí en el hotel me han preguntado si quería comer y les he dicho que estaba demasiado cansada para bajar a cenar. El abruzo, fuerte y amable, ha llamado a la puerta mientras veía las noticias, me ha traído galletas y leche caliente de la mano de una chica rubia. No le he añadido azúcar, ya era suficientemente dulce. El sabor olvidado del primer alimento, lo he bebido a pequeños sorbos, no esperaba tanto consuelo. Christophe dice que la leche es mala para los adultos, que solo los humanos son tan estúpidos como para seguir consumiéndola después del destete. Pero luego lo he visto salir al rellano pescando patatas fritas de la bolsa. Es mi vecino de enfrente francés, trabaja en el sincrotrón de Grenoble. Compartimos un gato y el cuidado de unas plantas que viven entre nuestras puertas. Le dejé una nota antes de irme, así que ahora tiene que ocuparse él.

A Piero, en cambio, le gustaba a veces cuando volvía tarde por la noche:

–Solo tomo leche y galletas.

Teníamos siempre de muchos sabores para el desayuno. Las remojaba una a una en la taza, sujetándolas entre el pulgar y el índice, y me contaba el día.

La casa en la que vivíamos de recién casados no está lejos de aquí. Repaso mentalmente las travesías que separan esta calle de la calle Zara. Tengo una impresión tan clara de aquel apartamento que aún hoy podría enumerar cada detalle: la baldosa agrietada del baño que sonaba sorda al caminar sobre ella, las evoluciones de la luz en las paredes a lo largo del día. Para nosotros el primer despertador era una pequeña detonación en la ventana, cuando el sol salía y la calentaba, produciéndose una dilatación repentina del cristal. Piero comenzaba a darse la vuelta, protestando contra la necesidad de levantarse. Respirábamos siempre un aire ligeramente azul, que entraba por la terraza asomada al mar. El mar se evaporaba en nuestra casa.

Ahora no se siente el sabor a sal, y el rumor de las olas apenas se filtra desde el exterior.

Aquella noche tampoco dormía, en aquella cama demasiado ancha. Era nuestro tercer verano allí, había desaparecido el olor a muebles nuevos y los fogones de la cocina ya habían perdido su brillo. Piero acompañaba a su padre, que estaba ingresado en el hospital. En el momento más oscuro, antes del amanecer, alguien llamó al timbre con toda su furia. Gritó su nombre y en un instante estaba en el rellano, me llegaban los pasos nerviosos y la respiración jadeante desde el otro lado de la puerta. Tardé un poco en desbloquear la cerradura de las vueltas de la noche, desde allí refunfuñaba contra mí. No veía a mi hermana desde hacía más de un año.

De niñas éramos inseparables, luego aprendimos a perdernos. Era capaz de dejarme sin noticias suyas durante meses, pero nunca durante tanto tiempo. Parecía obedecer a un instinto nómada y cuando un lugar ya no le convenía lo abandonaba. Nuestra madre se lo decía de vez en cuando: eres una gitana. Después yo también lo fui, de otra manera.

Entró deprisa y cerró la puerta a sus espaldas dando un empujón con el pie hacia atrás. Una de las zapatillas que llevaba se le cayó y quedó boca abajo en el suelo. El niño dormía en sus brazos, sus piernas desnudas e inertes a lo largo del delgado cuerpo de Adriana, la cabeza bajo su barbilla. Era su hijo y yo no sabía que había nacido.

No me imaginaba la revolución que estaba a punto de empezar. De haberlo previsto quizá los habría dejado fuera. Adriana se creía un ángel con la espada, pero era un ángel descuidado y hería incluso por error. Si no hubiera aparecido, quién sabe, todo lo demás podría no haber sucedido.

Nuestro último encuentro había terminado en una pelea, después de unas semanas buscándola sin encontrarla. Estaba esperando un movimiento suyo. Ninguno de nuestros conocidos comunes la había visto en la ciudad, pero de vez en cuando enviaba postales a nuestros padres, arriba en el pueblo. Me las enseñaban cuando iba a su casa: puerto de Pescara, Pescara *by night*. Muchos saludos de vuestra hija, y luego la firma ondeante. Sabía que las leería, eran para mí: la prueba de que estaba viva y cerca.

Su movimiento llegó a las tres de una madrugada de junio. No sé cuánto tiempo habría permanecido quieta y en silencio, mirándolos. Así de espaldas, la criatura parecía un muñeco grande, de aquellos que su madre nunca tuvo de pequeña.

Casi no la reconocía, llevaba un sombrero de paja medio deformado, con flores artificiales descoloridas en el ala ancha y el borde deshilachado en un lado. Pero debajo los ojos eran los suyos, luminosos y punzantes, aunque más abiertos, como cuando tenía miedo.

Me preguntó por Piero y le dije dónde estaba. Entonces la impacientó que permaneciéramos las dos de pie en la entrada, y casi me atravesó. No se había olvidado de la casa a la que había venido unas pocas veces, se dirigió segura hacia la habitación de matrimonio. Puso al niño en la cama y lo cubrió con la sábana, luego se sentó a su lado. Estaba delante de ella y no hablaba, se sostenía el rostro sudoroso con las manos, los codos sobre las rodillas. A sus pies, la bolsa que había dejado caer del hombro.

–¿Qué ha pasado? –intenté preguntarle.

No respondió, se fue hacia la ventana para esconder sus lágrimas. Temblaba un poco, los omóplatos destacaban debajo del camisón que me había parecido un vestido de verano. Golpeó el cristal con el ala del sombrero y se le cayó. Por encima de su oreja derecha, un solo golpe de tijeras le había cortado en seco la melena que le llegaba hasta los hombros, como en un juego de peluquería que hubiera terminado mal. Inmediatamente se cubrió la cicatriz, ignorando mi asombro. Un leve crujido, el niño se quitó la sábana de encima y se volvió hacia la lámpara encendida. Dormía en la misma posición en la que había estado en el vientre de su madre, las mejillas llenas, los rizos húmedos de su flequillo en la frente.

–¿Cómo se llama? –pregunté en voz baja.

–Vincenzo –respondió Adriana desde la ventana.

Me arrodillé junto a la cama y olí a mi sobrino. Olía a limpio, la cabeza a pan aún caliente. Me arriesgué a acariciarlo, rozándolo apenas.

–Tenemos que quedarnos aquí un tiempo –dijo Adriana.

El tono grave me asustó más que la petición.

–Se lo pregunto a Piero.

–Piero es bueno, seguro que quiere. Tal vez tú no quieres. –Y se volvió de nuevo para mirar al exterior, los conos de luz blanca de las farolas de la calle.

La dejé allí y calenté agua en la cocina. Se rebeló ante la humeante taza de manzanilla, pero luego sopló en la superficie para enfriarla y se la tomó como un jarabe amargo, a sorbos ruidosos, seguidos de una mueca de disgusto. Un breve gemido del niño, extendió las manos horizontalmente, como un reflejo, pero sin despertarse.

–¿Estáis en peligro? –le pregunté.

–Aquí no –respondió pensativa.

Luego fue al baño de servicio, siempre con un pie descalzo y el otro metido en la zapatilla. Me acerqué a Vincenzo en busca de similitudes, pero era difícil estando dormido, solo la boca un poco descarada parecía de su madre. Y en el dibujo de la nariz recordaba al otro Vincenzo, el tío que nunca conocería.

Con el tiempo se ha ido pareciendo cada vez más a él: en la cara, en la forma de caminar y de reír, en cómo echa la cabeza hacia atrás. Cuando su madre lo llevaba al pueblo, en la plaza se paraban a mirarlo, tan parecido a quien ya no estaba. También la determinación es la misma, pero mi sobrino sabe dónde aplicarla. A los seis años se concentraba durante horas en las piezas de Lego: construía barcos completos con todos sus detalles. Ahora quiere ser ingeniero náutico.

–Te rompo la cara si no estudias –lo amenaza a veces su madre, pero no hace falta.

Adriana ha sabido criar a un chico distinto de nuestro hermano, distinto también de ella.

El nombre del niño me impresionó aquella noche. Al repetírmelo luego, me parecía cada vez más acer-

21

tado. Vincenzo suena fresco y antiguo en sus tres pro-
pias sílabas. Adriana ha vinculado su criatura a una
historia de desgracias y milagros, muertes y supervi-
vencias: la historia desnuda de nuestra familia. Este
Vincenzo me parece más fuerte que las adversidades,
incluso ahora apuesto por su futuro.

3

Ayer me llamaron a secretaría al final de la mañana. Faltaba poco para terminar la clase y estábamos hablando de Francesco Biamonti. *Le parole la notte* es una de las novelas que elegí para este semestre, no es una obra fácil para mis estudiantes, pero les ha apasionado. Quise desafiar su comprensión del italiano y algunas certezas sobre su país.

Alain estaba impresionado por los «silencios inquietos» del protagonista y por el paisaje, los Alpes Marítimos vertebran el relato desde la primera hasta la última página.

—Como una puntuación —dijo.

—Parece realmente que estemos en Liguria —añadió la morenita que se sienta en la segunda fila.

—Después de todo, está ahí, justo al otro lado de la frontera, un poco más al sur. —Y señalé la ventana.

Luc se agitaba en su sitio, preparándose para intervenir. Quería leer una frase que disgustaba a su orgullo nacional: «De vez en cuando alguien coge a Francia

en sus brazos, la muestra al mundo haciendo creer que
está viva, en cambio está muerta».

Me anticipé:

–¿Hay que rechazar siempre una mirada crítica o
puede ser útil para comprender lo que no vemos de
nosotros mismos?

En el despacho me esperaba una llamada urgente de
Italia. Ya lo habían intentado al móvil, pero estaba apagado, dijo la administrativa tapando el teléfono. Momentos antes de contestar imaginé los posibles acci-
dentes, no aquel. No este que me mantiene despierta
en la habitación 405. Alguien entra aquí al lado, oigo
la puerta y luego cómo orina en el baño, al otro lado
de la pared.

No reconocí la voz en el aparato y, al principio, el
dialecto de Pescara me sonó muy irreal.

–Tienes que volver aquí inmediatamente. –Y el resto
era un balbuceo agitado, descompuesto.

La llamada fue corta, dije que saldría a la mañana
siguiente si conseguía plaza en el tren. Cuando colgué
me faltaba el aire, acepté la silla que me ofreció la administrativa. Recordé los ejercicios de respiración que
me enseñó Piero la primera vez que fuimos juntos al
Gran Sasso. Subíamos por la vía Direttissima, en un
día tan despejado que la montaña parecía una basílica
deslumbrante ante nuestros ojos. En un pasaje arries-
gado miré el vacío debajo de nosotros: era una muerte

tan fácil de asumir, bastaba con soltar las manos. Incapaz de seguir, temblaba agarrada a la pared.

Sentada en la secretaría de la Universidad de Grenoble, repetí la respiración con el diafragma y recuperé el control. También me ofrecieron agua y la bebí. Un pasado entero me reclamaba de vuelta, como un resorte tenso que se afloja de repente y vuelve a la posición de partida.

Ahora estoy aquí. Del exterior llega un silbido mecánico, hacia el puerto, amplificado en la oscuridad. Se interrumpe a intervalos regulares y hace que el silencio pese más. Quién sabe si Adriana oye este silbido, y el silencio. Mañana la veré. Mañana ya es hoy, 01:01 marca fosforescente mi muñeca, la hora doble.

Ella tampoco durmió la noche que llegó a mi casa. Por la mañana me esperaba en el baño, sentada en el borde de la bañera, con una toalla sobre los hombros y el pelo recién lavado.

—Vamos, no quiero que Piero me vea así —dijo dándome las tijeras.

Protesté diciéndole que no era capaz, que tenía que ir a la peluquería.

—No, me da vergüenza. No es difícil, córtalo así. —Y se tocó por encima de la oreja.

Se peinó alisándose el pelo para facilitarme la tarea. Empecé, con las tijeras, poco adecuadas, en una mano, y los mechones uno a uno entre los dedos de la otra. Caían con suaves golpes sobre sus piernas, en el fondo de la bañera, al suelo. Adriana se había calmado, ya no sentía sus músculos contraídos ni sus mandíbulas apretadas.

—¿De dónde vienes? —Me aventuré.

—De un lugar que no sabes. —Y se limpió los cabellos de la punta de la nariz—. Ahora no me molestes con preguntas, corta y calla. —Bostezó con un crujido de huesos—. Tienes que prestarme algo para ponerme, he venido volando. —Y se rio un momento tirando del dobladillo del camisón.

—¿Y para Vincenzo? —le pregunté.

—No necesita leche, todavía toma la mía. Para las cosas más urgentes después sales y se las compras.

—¿Yo?

—Tú. Es mejor que me quede aquí dentro por un tiempo. —Y cerró la boca de un modo que no admitía réplicas.

Al final se secó y el resultado nos desalentó: el pelo parecía cortado a mordiscos y ella tenía el aspecto de una enferma, con las ojeras profundas y moradas. No se enfadó, me pidió la maquinilla de afeitar eléctrica de Piero y se la pasó sin prisas, siguiendo el recorrido de la mano con los movimientos del cuello.

—Bien, empecemos de cero —dijo mirándose casi satisfecha en el espejo.

De repente parecía tan joven, frágil como un huevo. Tenía veintisiete años, pero daban ganas de protegerla, de tocarle la cabeza híspida y perfecta en comparación con su rostro salvaje. Se la rocé un momento con la punta de los dedos y no se apartó, así que extendí la palma de la mano como para contenerla en una caricia inmóvil, después de todo aquel tiempo.

Luego fuimos a la habitación a ver a Vincenzo. Adriana le había puesto dos cojines en el borde de la cama para que no se cayera. En el otro lado, Piero dormía vestido encima de las sábanas, vuelto hacia el niño y con un brazo sobre el pequeño cuerpo, pero con toda su levedad. Desde la ventana, la primera luz del día sobre ellos, aún gris, y los ruidos de la ciudad despertándose, los camiones de la basura en movimiento para su recogida. Adriana dejó escapar una exclamación de sorpresa y Piero abrió los ojos sin moverse.

—Realmente, no me esperaba esto de ti —le dijo señalando al niño.

Había entrado en silencio y había escuchado nuestras voces en el baño. El tiempo de comprender, y se había acostado junto a la novedad. Se estiró, hasta sus bronceados pies.

En la cocina bromeó con Adriana sobre su nuevo peinado y me paró tocándome la muñeca mientras encendía el fuego para el café. De cerca olía un poco a hospital, volvía a casa con los desinfectantes y el dolor impregnados. Le pregunté cómo estaba su padre y me tranquilizó.

—Pon la mesa en el comedor, esta es una mañana de fiesta —dijo mientras salía. Así lo acostumbró su madre y así lo hice yo para la ocasión: mantel de lino de Flandes, servicio de tazas de porcelana, cucharitas de plata de nuestros regalos de boda. Lo disponía todo absorta en mis pensamientos, sobre Adriana, a quien oía moviéndose ahí dentro, con su hijo, presente en mi vida desde hacía unas pocas horas. Acababa de llegar un futuro totalmente distinto de cómo lo imaginaba.

—Aquí está la tía —me presentó cuando se despertó Vincenzo.

Quería dármelo en brazos, pero él juntó los labios como si fuera a llorar y me retiré. Miraba a su alrededor sin dejar de mover los ojos, oscurísimos. Fruncía por un momento la frente en un rictus y enseguida la distendía, tranquilizado por el contacto con su madre. Le tocaba curioso la cabeza rapada. Adriana lo cambió, tenía pañales en su bolsa, luego se desabrochó el camisón y le dio de mamar sentada en mi cama. Vincenzo tomó hasta saciarse, moviendo de vez en cuando la mano sobre el pecho veteado de venitas azules. No podía creer que mi hermana, tan delgada, fuera capaz de toda esa leche: un reguero fluía desde la comisura de la boca hasta el cuello del niño, que controlaba de reojo que yo mantuviera la distancia de seguridad. Ya tenía nueve meses.

Piero volvió con flores silvestres, que encontró en un mercado de barrio, y los cruasanes aún calientes de la pastelería Renzi. Adriana agarró inmediatamente uno y arrancó la mitad de un solo mordisco.

–Vaya mesa de ricos –dijo mientras colocaba el ramo en un jarrón.

El niño se había dejado coger por su tío y le sonreía como si, en su breve sueño juntos, ya hubieran intimado. Traje la cafetera de la cocina con las últimas gotas todavía borboteando. Nos sentamos, Vincenzo, en brazos de Piero, Adriana a su lado. Le dio a su hijo la punta del cruasán. Parecíamos una familia disfrutando de la hora del desayuno.

De repente llamaron a la puerta varias veces. Adriana se levantó de un salto golpeando una pata de la mesa, y la cafetera se tambaleó. La atrapé al vuelo, pero me quemé la mano. Huyó hacia el baño olvidándose incluso de Vincenzo.

A la señora del piso de arriba se le había caído un trapo en nuestro balcón. No sabía que tuviéramos un sobrino, qué hermoso niño, y su mamá estaba aquí, sí, solo había salido un momento. Ahora nos vendrían ganas a nosotros también de tener uno, dijo, y le cogió una mano agitándola alegremente. Para Vincenzo era demasiado, su madre desaparecida de golpe, la desconocida que le hablaba encima y lo tocaba: se puso a llorar, al principio suavemente, y luego con toda la potencia de su vocecita. Ni siquiera esto sirvió para sacar a Adriana de su escondite, o tal vez no podía oírlo, acurrucada en un rincón como hacía a veces en nuestra casa en el pueblo, con las manos apretadas tapándose las orejas. La llamé y no respondió, giré la manija hacia arriba y hacia abajo, golpeé la puerta del baño. Ahora no me interesaba nada de la vecina. Siempre ha sido así con mi hermana, de un momento a otro puede suscitarme ternuras conmovedoras o rabias furibundas.

—Adriana, sal y coge a tu hijo —le grité.

Esperé una reacción que no se produjo.

Regresé y le devolví el trapo a la señora que se había quedado muda. La despedí rápidamente. Mientras tanto, Piero intentaba calmar a Vincenzo, le mostraba cosas en un intento por distraerlo: las olas tan próximas desde la ventana abierta al mar, un barco en movimiento, pero la mirada del niño no llegaba hasta allí. Lo único que quería era a su madre. En cuanto cerré la puerta de entrada, Adriana salió con el rostro fresco, cogió a su hijo que le tendía los brazos y el llanto cesó como si le hubiera tocado un interruptor secreto.

—Piensas que eres buena, pero tienes la maldad dentro —no se privó de decirme antes de sentarse de nuevo a la mesa para terminar el desayuno.

Piero y yo nos desplomamos juntos en el sofá, podía sentir cómo el sudor se evaporaba de su piel. No estábamos acostumbrados al desorden que comportan los niños. Algunas parejas de amigos ya los tenían, aún pequeños: de lejos nos gustaban los de los demás. Nuestros hijos eran todavía un proyecto vago, no un deseo real, más bien una fantasía, necesaria pero no suficiente. Al cabo de unos minutos me levanté, tenía que arreglar una habitación para los dos, y salir a comprar algunas cosas para Vincenzo. Piero estiró las piernas y se durmió un poco, para recuperarse de la noche en el hospital con su padre y de las sorpresas de la mañana.

Aquella noche hablamos. Yo ya estaba en la cama cuando entró, encendió la lámpara de su mesita de noche y se inclinó para besarme la nuca, en su vértebra preferida. El ligero murmullo de la camisa apoyada en la silla, los zapatos alineados cerca de la ventana.

—Mi chica está despierta —susurró trayendo entre las sábanas la menta de su aliento y un residuo de alegría del grupo que acababa de dejar.

—Debes disculpar a Adriana —le dije—. Ha irrumpido aquí sin avisar, pero no creo que ella y el niño se queden mucho tiempo.

Apagó la luz y me abrazó por detrás, le gustaba dormirse así.

—Me alegra verlos por la casa. Vincenzo es adorable, y tu hermana siempre me hace reír.

31

–A mí no tanto –le dije tomándole la mano.

Frotó la punta de la nariz en mi hombro como si quisiera calmar un picor. Luego sofocó un grito contra mi espalda, pero por jugar, dijo:

–Tienes los pies helados incluso en verano.

–Y tú hirviendo.

–Ahora te los caliento –dijo con la voz adormecida.

Sentí que su cuerpo perdía toda tensión, abandonándose alrededor del mío. Su mano se aflojó en mi mano. Me quedaría así hasta la mañana, despierta en un lugar seguro.

4

No pensé que mis estudiantes seguirían allí cuando volví a buscar la cartera con los libros. Tampoco quería verlos en aquel momento. La morenita de la segunda fila, en cambio, me había esperado. Se llama Béatrice, pero la escuché intentando pronunciar su nombre en italiano. Cuando entré en el aula, cogió un cuaderno de la mesa y se acercó con su mochila. Recogía los folios esparcidos en el estante y los apilaba temblorosamente sin prestar atención al orden ni al lado de las páginas. Por el rabillo del ojo advertí su movimiento que se dirigía hacia mí, molesta por su insistencia fuera de horario.

–Disculpe, aún tengo una pregunta –dijo, y su voz delataba una aprensión exagerada.

–¿No podemos hablar de eso la semana que viene? Ahora tengo que irme. –Y cerré bruscamente la cremallera de la cartera.

Entonces cometí el error de detenerme un momento, y reconocí algo de mí en ella. No podía dejarla tan mortificada y decepcionada. Parecía que iba a llorar y yo no habría podido soportarlo, no ayer. Traté de ser amable.

–Te escucho.

–En mi opinión la protagonista de la novela es Veronique. Hace que todos los demás giren a su alrededor, especialmente los hombres. Pero ¿cuál es su poder, más allá de la belleza?

–Tal vez la pérdida que lleva dentro –respondí mirándola a los ojos.

Daba la impresión de que acababa de levantarse de la cama. Sobre los párpados, el lápiz corrido del día anterior.

–¿De dónde es tu familia? –le pregunté por cortesía.

–Mis abuelos son sicilianos, pero cuando llegaron a Grenoble obligaron a mi padre a que hablara solo francés. Para ellos el italiano era la lengua de la vergüenza, debido a la ocupación fascista que tuvo lugar aquí.

Ella no lo sabe, pero nuestros emigrantes se avergonzaban sobre todo de ser pobres. Estoy segura de que Béatrice merecerá la máxima nota en el examen. En el poco tiempo que logró arrancarme, condensó la historia de su familia, es con esta con la que quiere reconciliarse. La animé, ya descubrirá por sí sola lo difícil que es encontrar la paz. Durante veinte minutos tuvo la capacidad de hacerme aparcar el efecto de la noticia que había recibido.

Volví del campus en tranvía, mirando hacia el exterior. Algunos estudiantes cuidaban bajo un sol tenue los pequeños jardines que tenían asignados. Otros se dirigían a la cafetería, estaban preparando una manifestación contra la reforma universitaria. Un conejo salvaje atravesó el césped, deteniéndose cada dos o tres saltitos, como si no supiera qué dirección tomar.

Continué el día según el programa establecido, solo me olvidé de almorzar. Ningún estímulo provenía de mi estómago en ayunas. Caminando, seguía por inercia más allá de la puerta de casa o de la tienda de comida para animales. En un determinado momento ya no sabía dónde estaba. La suerte en Grenoble es que basta con mirar al final de la calle: «*Au bout de chaque rue, une montagne*», escribió Stendhal. Chartreuse, Belledonne y Vercors son majestuosos puntos de referencia que proyectan su sombra sobre la ciudad. Piero las habría amado si hubiera venido a visitarme. Me lo dijo más de una vez, cuando volvía a Pescara de vacaciones o me llamaba para felicitarme el cumpleaños:

—En cuanto me libere, iré a escalar tus montañas.

La que realmente vino fue Adriana, nadie más de la familia. Había obtenido la asignación hacía unos meses y compartía una buhardilla con una colega del departamento de Historia. Adriana me había pedido la dirección para escribirme una postal.

Se presentó una tarde lluviosa con Vincenzo, que ya tenía cinco años y lloraba de cansancio. Habían cambiado de tren en Bolonia y Turín, luego en Chambéry, todavía no me explico cómo no se perdieron. Hasta ese momento solo había viajado haciendo autostop, en sus años más agitados.

–He venido a ver si te encuentras bien aquí –dijo dándome los *bocconotti* cuidadosamente envueltos.

Volví a ver a mi sobrino en las colas del teleférico al día siguiente. Quería subir y bajar cientos de veces, con las manos abiertas sobre el plexiglás, sus labios, una O de perfecto asombro. Adriana admiraba las tres torres construidas por albañiles italianos en los años sesenta y las comparaba con los edificios más altos de Pescara.

De vez en cuando, los domingos que hace buen tiempo sigo subiendo a la Bastilla, pero a pie. A muchos les gusta como ejercicio físico, a mi amiga Théa y a mí también. Nos mezclamos con los turistas que tienen miedo de subir a las cabinas o necesitan sudar la llegada. Los más jóvenes y entrenados corren en pantalón corto y zapatillas deportivas por el camino de tierra que serpentea hacia la fortaleza. Escucho su respiración jadeante mientras nos superan. Están delgados.

Es el panorama desde lo alto lo que busco, un aire más claro. Veo la ciudad antigua, donde vivo, tan cerrada y reconocible desde allí arriba, un núcleo cálido y oscuro incrustado en el cemento que llegó después y lo rodeó. Más tarde nos encontramos con otros amigos en el Café de la Table Ronde. Sentados al aire libre bebemos martini blanco, el tiempo fluye alcohólico y ligero.

Me he quitado el reloj y me he perdido en la duración de esta noche. Ya no se oyen voces ni pasos en la calle, tampoco el sonido metálico de la tapa de la alcantarilla bajo las ruedas de los coches. Mi teléfono vibra, un mensaje me pregunta si estoy despierta, si nos vemos mañana a las ocho delante del hotel. Desde la habitación de arriba llegan los gemidos de un coito, pero dura poco, deben de estar cansados. Mi memoria, en cambio, no se cansa, me devuelve recuerdos desordenadamente, como una ebullición fuera de control.

Ayer por la tarde tenía cita con Yvette, fui de todos modos. Su local está en la calle Bonne, a pocas manzanas de casa. Es una rubia excesiva, de mediana edad, con el pintalabios desvaneciéndose en las arrugas apiñadas alrededor de sus labios. No es realmente chismosa, pero su labia induce a las confidencias de las clientas: ella es el punto de origen de todas las historias del barrio, incluso yo charlo un poco, pero solo de mi vida francesa. Le hablo del gato Héctor, mitad mío y mitad del vecino. Le divierte esa mascota que ronda entre los dos apartamentos y come en el rellano, donde también tenemos las plantas. Yvette

37

finge olvidar la respuesta de la vez anterior y sigue preguntándome si Christophe y yo nos hemos comprometido. Mientras tanto me propone unos reflejos, un corte más informal. Quizá espera que suceda algo romántico.

Ayer me vio entrar con la cara cambiada. Solo había dos clientas, ya en manos de las chicas. Insistió en lavarme ella, me adelantó, apartando la cortina negra. Me senté en el primero de los asientos, todos vacíos, acomodé el cuello en el hueco correspondiente y luego eché la cabeza hacia atrás.

Yvette reguló la temperatura del agua. Diluyó el champú en un cuenco y me lo vertió con cierta gravedad, como si fuera un bautismo. Comenzó a masajearme el cuero cabelludo con las yemas de los dedos y en movimientos circulares, la espuma subía crepitando. Me preguntó si había sucedido algo.

–Tengo que volver a Italia.

Cuando se acercó a las sienes se liberaron las lágrimas. Se deslizaban desde los ojos hacia las orejas, el cabello enjabonado, las manos de Yvette. Se detuvo, sosteniendo solo mi cabeza en silencio. Esperamos a que pasara el momento.

Después me secó girando el cepillo, en el espejo sus dedos se movían rápidamente como patas de araña. Una clienta se despidió y salió orgullosa con su nuevo peinado, otra comentaba el último episodio de *Julie*

Lescaut con la chica que le moldeaba las ondas. Yvette me preguntó de dónde era de Italia. Nunca había oído hablar de los Abruzos, está a la altura de Roma, le dije, frente al mar, al otro lado.

–Sueño con el mar. –Suspiró.

Al final me despeinó un poco agitando el aire caliente del secador para conseguir un efecto más natural. Fijó unos mechones con el gel.

–Entonces nos vemos cuando regrese. –Y me cogió la bata.

Me paré delante de los escaparates del otro lado de la calle, como si regresara para las vacaciones de verano o de Navidad, como si no hubiera pasado nada. Nunca me presenté sin regalos para Vincenzo: elegí dos camisetas con Astérix en la parte delantera y unas galletas de mantequilla. Todavía le gusta masticarlas en el sofá, viendo los dibujos animados. Ahora ve *Padre de familia*.

Cuando Adriana se refugió en mi casa en la calle Zara con el niño y una bolsa, llevaba muy pocas cosas. Con la prisa por escapar había cogido unos pañales, un chupete y un elefantito. Comencé entonces a comprarle comida y ropa.

Aquel primer día los dejé en casa, hermana y sobrino, y salí con Piero. Una vez fuera nos embistió el viento, que se había levantado y movía el bochorno estancado en la ciudad desde hacía días. La arena volaba por todas partes desde el arenal cercano. Recorrimos juntos un corto tramo, hasta su despacho, y nos separamos.

–No repares en gastos para el niño –dijo apoyándome el dedo sobre la nariz.

Nos despedimos con un beso en los labios y me volví para mirarlo mientras abría la puerta. Los músculos entrenados por las escaladas, un paisaje tenso bajo su camisa azul.

Algunos domingos lo acompañaba, frente a la pared asistía al cuerpo a cuerpo entre él y la roca. Admiraba la gracia, los saltos entre un espolón y otro me dejaban sin aliento. El obstinado trabajo de brazos y piernas, manos y pies, de todos sus dedos, me cansaba el cuello y los ojos. Se hacía cada vez más pequeño, una mancha de color en lo alto, agarrada a la piedra y a la vida. Cuando bajaba todavía era de la montaña, de la luz que había visto allá arriba. Los compañeros lo celebraban, algunos acababan de entrar en el grupo. Conmigo era afectuoso pero distante, y yo, entonces, estaba celosa de los Apeninos.

Regresé de las compras harta del viento, con granitos de arena crujiendo entre los dientes. La puerta de la habitación de invitados solo estaba entornada, podía escuchar las vocalizaciones de Vincenzo y a mi hermana, que le hablaba dulcemente. Estaba sentada en la cama, junto a él, pero cuando entré la corriente cerró de golpe los postigos de la ventana y ella se levantó de un salto gritando.

–¿Te has vuelto loca? –preguntó llevándose una mano al pecho.

–¿Te asustas incluso del aire? ¿Quién te persigue, el diablo?

–Eh, casi –se le escapó.

Volvió junto al niño, mirándome desde abajo con la boca cerrada, no podía hablar. Saqué de las bolsas la ropa que compré para Vincenzo y se entusiasmó con unos vaqueros diminutos con elástico ajustable. También había un vestido para ella, de flores y con tirantes. Adriana siempre ha tenido debilidad por los vestidos de verano, le hubiera gustado tener cientos de ellos por temporada. Le bastaban incluso los del mercado, largos hasta el tobillo o por encima de la rodilla. Lo colgué delante de ella y lo admiró un buen rato, comprobando entre el pulgar y el índice la ligereza del tejido. Luego se le humedecieron los ojos, brillantes de desesperación. Tragó para no llorar.

–Estás loca, has malgastado un montón de dinero. –Y sacudió la cabeza.

Me preguntó si había traído la pasta de sopa para Vincenzo, ya era casi la hora de comer para él. Fuimos a preparársela, ella con el niño a horcajadas sobre su huesuda cadera.

–¿De quién tienes miedo? –pregunté.

Me quedé a la espera, pero las estrellitas se cocieron en el silencio y el rugido exterior del mar. Las condimenté con aceite y parmesano. Adriana se sentó a la mesa con Vincenzo en brazos y comenzó a darle de comer. Repetía los gestos que le había visto en la casa del pueblo cuando todavía era una niña y daba de comer a nuestro hermano Giuseppe. Casi siempre lo hacía ella.

—¿Por casualidad has robado? —la provoqué.

Detuvo el ir y venir de la cuchara entre plato y boca.

—¿Cómo se te ocurre?

—No sería la primera vez —se me escapó.

Removió la sopa y siguió con Vincenzo.

—A nadie le gusta robar. Qué sabes tú, que no te falta nada.

Las dos sabíamos de lo que hablaba. Aquel invierno había perdido su trabajo, pero algo lo remediaría, como de costumbre, según ella nunca había de qué preocuparse. Regresaría al pueblo por un tiempo, a casa de nuestros padres. Le ofrecí algo de dinero, pero frunció el ceño. Era mi primer año de casada con Piero.

—Si necesito dinero, lo buscaré —aseguró con ese aire despreocupado.

Fuera llevaba un rato intentando nevar, nos habíamos acercado a la terraza y también entre nosotras. Los copos caían oblicuamente, la playa se blanqueaba lentamente, encrespada como un desierto de azúcar. En el cristal se condensaba nuestro aliento en forma de vapor, y también algunos pensamientos mudos.

–¿Me prestas aquella bufanda larga multicolor? –preguntó Adriana.

–Ahora te la busco. –Y me fui a la habitación. Me esperaba allí, mirando las olas tan grises. Entonces de repente tuvo prisa, recordó una cita para un trabajo. Dio unas vueltas a la bufanda alrededor del cuello y me besó con entusiasmo en la mejilla.

A la mañana siguiente vinieron dos empleados a colgar las cortinas de las ventanas. No pude pagar. La nieve había desaparecido, al igual que el dinero del bolso que estaba encima de un mueble. Tardé unos días en ir a verla, temía el enfrentamiento. Negó haber cogido el dinero, e incluso se ofendió por mis sospechas.

–Te lo han birlado tus estudiantes· y ni te diste cuenta –dijo sin inmutarse.

Nos peleamos con palabras duras, pero también como niñas, con empujones y sacudidas. Adriana sabía devolverme hacia atrás, hacia todo aquello que había querido dejar. Colaboraba con Morelli desde hacía poco en la universidad de Chieti, no le permitiría que frenara mi impulso. Padres y hermanos, el pueblo en las colinas estaban lejos, en la dureza del dialecto. Ocupaban recuerdos no precisamente felices, y solo un poco el presente. Ella, por el contrario, siempre tan viva y peligrosa. Sentía intensamente la incomodidad de ser su hermana.

5

Me despierto sobresaltada por un sueño breve y profundo. Quisiera mover un brazo y no responde. Por unos momentos no sé dónde estoy, no hay nada familiar en la oscuridad, falta la música de fondo del ronroneo de Héctor acurrucado a mis pies. Ayer sentí un dolor y no recuerdo el origen. Lo siento también ahora, es este peso en mi pecho, pero no lo reconozco. Busco a tientas el interruptor, a la luz de la lámpara la habitación de hotel, tan extraña, me devuelve la verdad.

Me pongo la chaqueta sobre los hombros y salgo a estremecerme al balcón, bajo este cielo nublado que migra. Más allá de la calle el Adriático es solo un matiz del negro, que baña la arena y se retira. No veo el mar, pero sé desde siempre que está ahí. Los pescadores de Borgo Sud ya estarán trabajando en alta mar, como de costumbre. Todos los demás duermen, es demasiado tarde para el día que terminó y demasiado temprano para el nuevo. Adriana también duerme, un poco de mar se vertió en su nombre.

Los tres años de diferencia se han vuelto invisibles, pero cuando éramos más jóvenes contaban. Así lo creía yo, Adriana nunca estuvo de acuerdo. A veces quería tomar el mando, como hermana mayor.

–Tú solo tienes la cabeza para los libros –decía. Era la voz de su admiración, y también una forma de rebajarme.

Así decidí llevarla al pueblo con Vincenzo, nuestros padres tenían que conocer aquel cambio sustancial en su vida. Mientras preparábamos la cena no paraba de enumerar las injusticias que había sufrido de niña. La sacaron de la escuela a los quince años y la enviaron a trabajar al campo: vendimia, recolección de aceitunas. Nadie en la familia pensaba que tuviera que seguir estudiando más allá de la enseñanza media tan limitada. Nuestros hermanos se burlaban de su ambición de convertirse en geómetra, nuestra madre callaba.

Luchamos juntas durante todo el verano, solo en septiembre nuestro padre dejó escapar un consentimiento a medias: Adriana podía inscribirse en un instituto técnico de Pescara, compartir una habitación conmigo en casa de la señora Bice. Tras el entusiasmo de los primeros tiempos, le pesaban las largas tardes en unos pocos metros cuadrados, los medía de un lado a otro con el paso de un tigre en cautividad. A veces abría un libro, echada en la cama leía media página como si estuviera escrita en una lengua oriental. Yo no enten-

LAS HERMANAS DE BORGO SUD

día que su incapacidad para concentrarse era una obediencia: Adriana cumplía la profecía de nuestro padre.

–Vuelves aquí a comerte las habas, no llegas a final de curso –le dijo cuando regresó a casa con las notas del primer trimestre.

Algunos días de abril volvía a casa de la señora Bice con el hambre inocente de quien salía de la escuela, pero con la cara enrojecida. Después de comer se sentaba al escritorio y falsificaba minuciosamente la firma en el boletín. Si me acercaba, lo tapaba con un cuaderno. Ya no éramos niñas, los secretos recíprocos habían crecido con nosotras.

Nuestro padre vino a recogerla un jueves, no esperó a que volviéramos al pueblo en el autobús del sábado. Sin duda, fue la señora Bice quien lo llamó, sospechando del temprano bronceado de Adriana. Se apostó en la calle de la escuela a la hora de la salida, pero ella no vino de allí. Vino del lado del mar, con el paso un poco incierto de quien ha estado demasiado tiempo al sol. Había pasado toda la mañana con un joven pescador, también habían estado en su barco en el puerto, pero esto Adriana solo me lo contaría mucho más tarde. Me imagino sus ojos aún soñadores cuando nuestro padre apareció frente a ella.

–Por la forma en que nos trataron, habría sido mejor que no hubieran tenido hijos –dijo cortando furiosamente los tomates en la cocina de mi casa.

No habló de todas sus ausencias y yo no se las recordé. Nunca habrían podido justificar el comportamiento de nuestros padres.

—Ya puedes ir olvidándote de que vaya —concluyó mi hermana mientras nos sentábamos a la mesa.

Pero luego cambió de idea en el momento menos oportuno. Estaba preparando una pequeña maleta para pasar dos días en Roma con Piero. Me gustaba acompañarlo a los congresos en las ciudades de arte, para nosotros eran todavía breves lunas de miel.

—Mañana me va bien —dijo Adriana al pasar por delante de mi habitación.

Ya había trastocado nuestras costumbres, como hace siempre con quienes la rodean.

—Id, antes de que tenga tiempo de arrepentirse —me aconsejó Piero.

A la mañana siguiente salíamos todos temprano. En el último minuto me dio su ponencia para que la leyera, un pasaje le parecía algo confuso. Nos inclinamos sobre la mesa para corregirla y se la pulí un poco eliminando algunas partes repetitivas.

—Sin mi profesora estaría perdido —bromeó.

En la entrada, Adriana con su hijo en brazos y el bolso en bandolera temblaba, nos llegaba la corriente de su impaciencia.

—Por favor, no te enfades con ella —dijo Piero recogiendo los folios.

Con un estremecimiento de nostalgia lo vi marcharse.

Ya no éramos las niñas que seguían el camino de regreso desde lo alto de un autobús. La maleza del margen estaba tan cerca que Adriana podía tocarla con la palma de la mano cortando el aire fuera de la ventana. Hacía mucho tiempo que no pasaba por allí y todo le parecía diferente y curioso.

En la curva de la draga me pidió con una señal que me acercara. El lugar ya no era como lo recordaba. Las vacas no estaban, la alambrada del recinto había cedido por todas partes. Las ventanas de la granja estaban todas cerradas y no había ningún campesino trabajando a su alrededor.

Vimos un gran campo de girasoles, orientados hacia el horizonte donde cada día aparecía el alba. En la misma dirección nuestro hermano, volando desde su ciclomotor derrapado, había caído muchos años antes sobre el alambre de espino con su parte más vulnerable, el cuello.

–Todas estas flores son para tu tío Vincenzo –dijo Adriana a su hijo nada más bajar del coche.

Lo levantó hasta las corolas, más altas que nosotras, y él tocó una. Nos quedamos unos momentos atrapadas por aquella vista. Ciertamente quien los sembró no pensaba desde su tractor en el chico que había fallecido allí un otoño lejano, pero los girasoles parecían realmente estar dedicados a él.

En cuanto encendí de nuevo el motor, mi hermana hizo tres veces la señal de la cruz en la frente, la boca y el pecho terminándolas con un beso en el dedo índice, que lanzó desde la ventana. Luego seguimos a un camión en silencio hasta el pueblo, sin encontrar entre las curvas un espacio para adelantar.

—Estos están abajo —adivinó Adriana, detectando un olor familiar cuando llegamos frente al edificio.

Habían abierto el cobertizo y nuestro padre estaba fuera, de pie, girando los pimientos sobre las brasas con las manos desnudas y sujetándolos por el rabillo. En el suelo, una cesta medio llena de pimientos crudos, en una bandeja ovalada apoyada en una caja invertida había algunos ya asados. Utilizaba la mano izquierda como una pinza desde que perdió los dedos índice y corazón en su último período como obrero en el horno.

Ella estaba sentada justo dentro, hacia la luz de la mañana, sujetando entre las piernas una tabla de cortar de madera sobre la que limpiaba la piel y las semillas de los pimientos. Nos vio enseguida, mientras bajábamos de la plaza. Adriana detrás de mí con el niño en brazos. Nuestra madre se quedó un momento con el cuchillo en el aire, luego bajó la cabeza y comenzó a raspar más deprisa.

Cuando los saludé ella se quedó en silencio, también debía de estar enfadada conmigo porque ahora solo llamaba por teléfono, saltándome la habitual visita semanal.

–Entonces no te habías muerto –dijo nuestro padre sin mirar a Adriana ni responder a sus buenos días. Luego siguió trajinando entre cesta, carbón y bandeja. Vincenzo reclamó la atención con una de sus vocalizaciones, tendiéndose hacia todas aquellas novedades. El abuelo, desprevenido, lo miró de reojo, sin simpatía.

–¿Ahora te llevas contigo a los niños que cuidas? –preguntó a su hija.

–¿Estás ciego? ¿No lo ves? Es igual que ella, ¿no ves que es suyo? –le gritó nuestra madre arrojando al suelo de cemento la tabla de cortar y el cuchillo.

Se levantó de un salto y se pasó por la cara las sucias palmas de las manos, desde la frente hacia abajo. Me acerqué a ella para calmarla y me apartó de un empujón, pero inmediatamente me agarró y me sacudió por el hombro.

–Confiaba en ti, pero tú te mordiste la lengua y no nos dijiste nada –me gritó a bocajarro.

Sentía en mi piel sus gotas de saliva, la rabia que desplazaba en mí para ahorrársela a Adriana, protegida por el niño que llevaba en brazos. Tan pequeño, también allí era sagrado.

Alguien se asomó a la ventana, una vecina preguntó desde arriba qué sucedía. Mi madre aflojó su apretón y me soltó. Se movió para subir a casa, pero al cabo de unos metros se detuvo para recuperar el aliento, con una mano presionada sobre un costado. Entonces Adriana dijo entre dientes:

–Ella no tiene la culpa, no lo sabía.

Vincenzo comenzó a llorar.

–¿Ahora qué hacemos? ¿Le doy de comer arriba o tenemos que irnos? –preguntó a nuestro padre. Disimulaba el esfuerzo por mantener la voz firme, para no ceder ella también a las lágrimas o los gritos.

–¿Y adónde lo llevas, al bar? –respondió. Se nos puso delante: como un cabeza de familia, furibundo pero respetuoso de la hospitalidad antigua, abrió el camino hacia el segundo piso.

Nos dejaron con el niño y volvieron a bajar para terminar el trabajo. Adriana lo cambió y yo le preparé la comida, luego lo puso a dormir en la habitación de los abuelos, dejándola abierta para oírlo si se despertaba. La habitación que compartíamos con nuestros hermanos cuando éramos niñas estaba cerrada, pero ella entró. Faltaba nuestra litera, un edredón de lana cubría la cama de Sergio: la última noche que pasó allí antes de irse a Libia era invierno. De los otros no quedaban rastros, Domenico vivía en el campo y Giuseppe en una institución donde lo cuidaban. Sin ellos la casa estaba más limpia y ordenada, los padres solos. Todavía acumulaban provisiones para una familia numerosa que ya no tenían.

Con gestos automáticos Adriana recogió la ropa seca de la cuerda del balcón y comenzó a doblarla, colocándola sobre una silla. Se hizo a un lado cuando nuestra madre volvió cargada de bolsas llenas de pimientos para congelar. Había dejado algunos en una bandeja para el almuerzo, luego encontraría en mi bolsa una bolsita cerrada con un cordón, para Piero, a quien le entusiasmaban. Extendió el mantel de cuadros sobre la mesa y puso cuatro platos encima. Me ordenó que terminara de poner la mesa, señalando el cajón de los cubiertos. Con el rabillo del ojo la vi ir y venir entre las dos habitaciones, llevaba otros cojines para la barrera de seguridad alrededor del sueño de Vincenzo. Luego volvió a la cocina y en un momento condimentó los pimientos: aceite y sal, ajo y perejil picado.

–Quítate ese sombrero y corta el pan –dijo sin volverse hacia Adriana.

Mi hermana obedeció, no hicieron caso de su pelo de pocos milímetros. Nos sentamos a la mesa uno a cada lado, callados, solo se oía el ruido de las sillas al moverse. Sudábamos incluso estando quietos.

–¿No hay vino o lo habéis olvidado? –preguntó nuestro padre en un momento dado.

Me levanté, quedaba un culín en una botella, detrás de la cortina bajo el fregadero. Vertí el vino tinto en su vaso y se terminó. Se lo bebió y chasqueó la lengua mirando a Adriana en el otro extremo de la mesa, que mojaba con pan el sabroso aceite.

–¿Qué nombre le has puesto a tu hijo?

–Vincenzo.

Nuestra madre se llevó la mano a la boca y se levantó. Dio unos pasos hacia la habitación de matrimonio, pero debió de recordar que el niño estaba allí. Se encerró en el cuarto de los chicos.

–¿Ya has perdido al padre? –continuó nuestro padre tras el silencio que siguió.

Desde la plaza subían voces, una fuerte carcajada. Sin perder de vista a Adriana, que no le respondía, apartó el plato vacío que tenía delante.

–¿Y ahora cómo te las arreglas? –insistió.

Adriana se enderezó, dejó la corteza que tenía entre los dedos sobre un cuadrado azul del mantel.

–Mejor que tú conmigo, ¿te apuestas algo?

Nos fuimos en cuanto el niño se despertó. Ya salíamos cuando vi a nuestra madre por el retrovisor. Si no me hubiera ofrecido a llevarla, habría ido a pie, como siempre, dos kilómetros de ida y dos de vuelta, o quizá alguien del pueblo la habría recogido. Delante del cementerio nos dejó sin decir una palabra. Era la última vez que Adriana la vería. Su prodigiosa intuición no la ayudó, no supo reconocer ninguna señal premonitoria en la figura curvada que se encaminaba hacia el camino de grava entre los cipreses. Así no dejaron de lado su rencor ni se despidieron, no se fundieron en un abrazo de paz.

Adriana estaba demasiado lejos de la muerte como para presagiarla y, al igual que todos los jóvenes, confiaba en la eternidad de sus padres.

6

Al día siguiente tuve que acompañarla en coche «a un sitio». Bordeábamos la orilla derecha del río cuando me pidió que parara. Seguimos a pie, Adriana siempre un poco por delante, recta y concentrada en la carretera. Pequeñas olas saladas subían corriente arriba desde la desembocadura, me nublaban la vista.

–¿No podríamos venir más tarde, con el tiempo más fresco? –pregunté.

–Ciertas cosas se hacen a estas horas –respondió mi hermana girando hacia Borgo Sud. Seguro que ella también estaba padeciendo bajo el sombrero de paja encastrado en su cabeza y las gafas de sol que no me había pedido prestadas. Nos adentramos entre los bloques populares y las casas de una o dos plantas. Nunca había estado en aquel barrio, pero sabía que Adriana lo frecuentaba desde hacía años.

La ciudad me sorprendía, resultaba ser más grande, y diferente de mi mapa imaginario limitado al centro y a unas pocas zonas periféricas. Algunas paredes estaban pintadas con motivos ingenuos, me detuve un momento para mirar una con un marinero musculoso sacando la barca del agua, y velas al viento de fondo.

No pasaba nadie por la calle, ni a pie ni en coche, las persianas estaban cerradas, las furgonetas del pescado estacionadas en las aceras. Parecía un lugar aparte, donde el tiempo transcurría más lento y regían otras reglas. Una frontera invisible lo aislaba de Pescara por todos lados. Pero estaba limpio, ni siquiera un papel tirado en el suelo.

Adriana se dio cuenta de que me había quedado atrás y vino a tirarme del brazo.

–No es una excursión, date prisa –dijo entre dientes–. Después de comer los que no están en el mar duermen –añadió bajando la voz como si pudiéramos despertarlos.

Pero había uno con el torso desnudo comiendo sandía en un balcón sombreado en el primer piso. Cuando nos vio se detuvo con la tajada en el aire. Escupió unas semillas. Bajo aquella mirada Adriana se movía a trompicones, señal de que tenía miedo. En un cierto punto retrocedió de golpe, la seguí al resguardo de un edificio. Se oyeron gritos a nuestras espaldas, podían ser del hombre.

Caminamos un rato a paso ligero, como en el vacío. Finalmente, después de mirar alrededor varias veces, me llevó a la parte trasera de una casa verde. Nos quedamos a la escucha de todo aquel silencio, luego metió el brazo entre los barrotes de una puerta y encontró al tacto la llave para abrirla, como si fuera un gesto habitual para ella.

–Pero ¿qué haces, adónde vamos? –protesté en voz baja.

–Te he dicho que debo recuperar algunas cosas, solo será un momento.

Me introdujo en algo que no era un patio, tampoco una veranda ni un jardín, pero mostraba las huellas de una vida familiar reciente. A un lado, unas plantas malvivían en la tierra reseca junto a una tumbona y una sombrilla cerradas. El resto del espacio estaba protegido por un cobertizo ondulado: cubría una repisa con un hornillo de gas y un fregadero, una mesa con un mantel de plástico y a su alrededor sillas, todas diferentes. En un rincón, unas botas de pescador amarillas y unas redes enredadas, quizá se debían reparar. El siroco de los últimos días había extendido un velo de arena por todas partes. La puerta-ventana estaba abierta y el cristal roto, los fragmentos crujieron bajo los pasos de Adriana.

–Espérame aquí y si oyes algo extraño, silba –dijo en el umbral.

No me dio tiempo de recordarle que no sabía silbar. Atravesó una habitación y otra, y luego la oí subir las escaleras. Se movía con cautela, con el oído atento al mínimo ruido, pero también con la desenvoltura de alguien que había vivido en aquella casa. No quería quedarme fuera sin ella, entré en la penumbra de una cocina, a un lado había una cama individual y a sus pies la cuna donde dormía Vincenzo. Reconocí por las sábanas desordenadas que mi hermana se había despertado de golpe, haciéndolas volar.

La decoración era sencilla pero cuidada en todos los detalles. En una repisa, una colección de conchas, desde la más pequeña hasta la más grande, con sus espirales áureas a la vista. Apoyados en el televisor, algunos libros: *Cento ricette di pesce, Il mare è servito*, se leía en los lomos.

Por todas partes reconocía la mano de Adriana, pero me impresionó la sensación de mi extrañeidad a todo lo que había hecho allí.

Junto a la puerta por la que habíamos entrado colgaba de un gancho una chaqueta impermeable de marinero. Un intenso olor putrefacto impregnaba el ambiente, miré a mi alrededor: dentro del fregadero había un plato boca abajo encima de otro. Lo levanté, liberando a una mosca que salió volando. Las lonchas de carne cruda estaban repletas de larvas blancas, pequeños gusanos lentos y afortunados sobre toda aquella comida dejada allí para descongelar. Vi la fecha en el taco colgado en la pared: ya habían pasado diez días desde la huida de Adriana.

Pisé algo blando en el suelo de cerámica: el mechón de pelo que le faltaba cuando llegó a mi casa. Sobre la mesa, un vaso sujetaba una nota escrita con la letra esforzada de alguien que rara vez usa una pluma: *Si vuelves, llama a mi timbre que te ayudo.* La firma debajo: *Isolina.*

Adriana bajó furiosamente las escaleras.

–Vamos –dijo.

Me dio unas bolsas que había llenado, de esas del supermercado, ella llevaba una muy grande y llena a rebosar. Metí en otra bolsa los dos platos para tirarlos junto con su contenido. Volvió a dejar la llave de la puerta en su sitio y nos fuimos, teníamos que atravesar de nuevo el barrio. Nos pusimos en marcha, rápidas pero sin correr, mirando hacia atrás continuamente. Desde los pisos superiores nos miraban ojos malévolos, o tal vez solo lo imaginé. Compartía el miedo de Adriana sin saber qué riesgo corría junto a ella. Los días anteriores no había conseguido arrancarle una sola palabra sobre lo que le había sucedido. A veces sus confidencias se hacen esperar mucho tiempo, también ahora.

Le hablé jadeante del mensaje que había en la mesa.

–Ah, qué amable Isolina –dijo apresuradamente–. Vive aquí al lado.

De repente se abrió entre los edificios un campo baldío. Niños y jóvenes jugaban en pantalón corto, sus camisetas eran manchas de color sobre la hierba quemada por el sol. Algunos trajinaban detrás de una hilera de chabolas de plancha, alrededor de algo, o de alguien.

–Lelé, quién sabe lo que le están haciendo –murmuró Adriana entre dientes, aminorando el paso.

Permaneció indecisa por un momento, luego siguió adelante. Ya respirábamos la densa humedad del río cuando se detuvo de repente, arrebatada por un pensamiento.

–He olvidado algo importante, tengo que ir a buscarlo. Ahora lleva estas cosas al coche y luego bájalo hasta la orilla, llegaré en un cuarto de hora. –E inmediatamente volvió sobre sus pasos.

Se volvió un momento para una recomendación, un grito en el aire:

–Si no me ves, vete a casa y cuida del niño.

La esperé donde me dijo, contando los minutos. Salí del coche, dentro era insoportable. En el exterior la brisa ya no movía nada, no había cerca ni una sombra para cobijarme. El aire era salado y sabía intensamente a mar, secaba la boca. Una mujer cruzó la calle, llevaba en la mano una bolsa de paja de la que sobresalía la esterilla de playa enrollada. Me miró como si mi presencia entre las ondas de calor que temblaban sobre el asfalto le resultara inexplicable.

El cuarto de hora de Adriana se dilataba y no expiraba nunca. Terminó de golpe y el tiempo comenzó a correr. La veía muerta, con un cuchillo clavado en el pecho, estrangulada o simplemente atropellada accidentalmente por alguien, por su costumbre de lanzarse a la calle sin mirar. Siempre he temido por ella, tan imprudente y errante. Vivimos juntas un par de años cuando éramos jóvenes. Entonces estaba a punto de licenciarme, estudiaba después de cenar, sentada a la mesa de la cocina, bajo el círculo de neón. Adriana nunca regresaba. Hacia las dos o las tres de la madrugada me desplomaba con la cabeza sobre el libro, agotada por la espera de un mínimo ruido: su llave en la cerradura, la prueba de que había sobrevivido a otra noche de correrías por la ciudad.

¿Cuánto tiempo podía esperarla? Bajo aquella luz sin escapatoria, el presagio de sus últimas palabras ya me parecía verdad: en casa, Piero cuidaba del niño, seguramente ya despierto.

Cuando se materializó junto a la puerta del coche ni siquiera entendí de dónde venía. Llevaba algo debajo del brazo, envuelto en papel de periódico.

—¡Bah! ¿Cuánto tiempo se tarda en partir? —se exasperó inmediatamente.

Se quitó el sombrero y lo dejó con cuidado detrás, encima de lo que había ido a buscar. Entre los pocos milímetros de pelo que le habían vuelto a crecer en la cabeza brillaban gotas de sudor, como minúsculos diamantes.

Permanecimos en silencio hasta el puente sobre el río, en el tráfico furioso de una tarde de verano. Adriana se quitó mis sandalias y puso los pies en la rejilla del aire acondicionado.

–Me pregunto si Vincenzo habrá llorado con Piero –dije en voz baja.

–Tu marido sabe cómo tratar a los niños –respondió pensativa.

–¿Y Rafael? ¿Es su padre?

–Cuando estaba, siempre volvía loco a Vincenzo –recordó con la voz quebrada.

–¿Y ahora dónde está? –pregunté.

Con la mano izquierda me dijo que no insistiera, mirando hacia los almacenes Upim para ocultar su emoción.

–¿Qué quedaba aún en la casa que fuera tan importante? –pregunté después de unos minutos, esperando en el semáforo.

–Ahora lo verás. –Y Adriana se estiró hacia el asiento trasero.

Rasgó el papel que envolvía algo que, mirado de reojo, parecía un cuadro. Vincenzo grande, como ahora lo llamaba, estaba con su amigo gitano: sonreían en blanco y negro, ambos con un cigarrillo entre los dedos. Al fondo, desenfocado, el carrusel en movimiento y luego un prado bajo el cielo sereno. La foto nos la trajo otro gitano unos meses después del funeral y Adriana la quiso para ella. En el pueblo la tenía en la pared de enfrente de la cama, la mirábamos cada mañana al despertarnos.

Había vuelto a aquella casa totalmente suya para recuperar un fragmento de nuestros recuerdos.

7

Rafael era el chico que la llevaba en barco cuando mi hermana hacía novillos a los quince años. Subían a bordo los días en que la *Invencible* permanecía amarrada en el muelle, balanceándose sobre el agua de la desembocadura. La primera vez se amaron sobre un viejo colchón entre las cajas de poliestireno apiladas y el olor a pescado. Rafael se echaba a dormir allí las noches heladas en alta mar, después de calar las redes o las nasas con los manojos de laurel para atraer a las sepias. Fue él quien vio el hilillo rojo que goteaba. Lo recogió con un dedo y lo lamió, curioso. Debió de ser la sangre de Adriana lo que los unió de por vida, «como un filtro de amor», me dijo ella en un momento de confidencias entre adultas.

Al principio, Rafael tuvo cuidado de no lastimarla. Pero «después era un toro –precisó con los ojos chispeantes–. Cuando desembarca solo tiene una cosa en mente», añadió, y no le disgustaba en absoluto.

La oí presumir de los deseos de Rafael incluso con personas que apenas conocía. La escuchaba en silencio, me resultaba embarazoso hablar de mi intimidad con Piero a una hermana que no conocía el pudor. A veces preguntaba con una mezcla de preocupación y compasión:

–Pero ¿Piero y tú disfrutáis de la vida?

Rafael la presentó inmediatamente a sus amigos como su chica: su *guagliona*. Tenía diecinueve años cuando la conoció. Era huérfano de padre desde niño y trabajaba en la *Invencible* de su tío con el sueño fijo de comprarse su propio barco. Cuando regresaban para descargar el pescado en mitad de la noche, sin ni siquiera apagar los motores con la prisa de volver a salir, su madre le llevaba el termo de café y el bizcocho recién horneado. Caminaba por el muelle bajo la luna, una figura en pantuflas que los marineros reconocían desde lejos, con su bata floreada abrochada por delante y un abrigo deformado sobre los hombros en los meses fríos. Aquella madre era Isolina.

Rafael y Adriana no se perdieron cuando mi padre la sacó de la escuela y el pueblo la recuperó. En cuanto podía se subía a un autobús y se reunía con él los días de cierre de la pesca. Le bastaba con recoger las monedas para el billete de ida y se marchaba sin otro pensamiento que la urgencia de reencontrarlo. A la vuelta le esperaban gritos y golpes, pero apenas los sentía, en ese agotamiento que sucede al amor. Por primera vez se abandonaba a alguien.

Ya no contaba para ella. Cuando venía a Pescara me lo ocultaba, quizá ni siquiera recordaba que yo también estaba allí.

–Tu hermana ha enloquecido por alguno, seguro que es un gitano. ¿Los has visto juntos? –me preguntaba nuestra madre cuando regresaba a casa los sábados. Se le escapaba la improbabilidad de cruzarme con ellos en una ciudad de cien mil habitantes.

En otoño Adriana recogía uvas y aceitunas en los campos de los alrededores o hacia Ortona. Fresas en primavera. Algunas mañanas salía a las seis como de costumbre, pero no se presentaba en la plaza para sentarse en el autobús que llevaba al trabajo a las mujeres soñolientas.

Luego los encontré realmente, en la fiesta de San Andrés. Giuditta me alojaba en aquellas ardientes noches de finales de julio. Acabábamos de terminar el examen de *maturità*[1] y queríamos recuperar las noches pasadas traduciendo a Plutarco y Jenofonte.

Caminaban como nosotras, entre la multitud que circulaba desde la playa después del espectáculo pirotécnico sobre el agua. El eco de los petardos perduraba en los oídos y el olor de la pólvora pírica todavía picaba en el aire. La abrazaba por los hombros, los dedos meciéndose sobre su pecho, con la alianza de plata a la

1. Examen equivalente a la selectividad española.

vista en el anular. Ella llevaba una idéntica, se la quitaría y dejaría a un lado a cada pelea, sin perderla.

Se han amado siempre, de esa manera apasionada y discontinua. Se dejaban por el deseo de reencontrarse. Luego los separó algo más, que Adriana llamaba mala suerte, envidia o maldad de cierta gente.

En la fiesta oyó gritar su nombre y se volvió dibujando un círculo en llamas con su vestido anaranjado de volantes. Nunca había estado tan hermosa, ni tampoco después, nunca más.

Cuando me vio, su rostro se apagó por un instante.

–Esta es mi hermana, que estudia –le dijo, y Rafael estrechó mi mano con su gran palma agrietada. Todos sus rizos negros vibraron con la fuerza del apretón.

Insistió en invitarnos a helado a Giuditta y a mí, y nos dirigimos a la calle principal. La gente deambulaba por la ribera, sacaban sus vasos de los establecimientos aún abiertos e iluminados. Istria, Calypso, La Capponcina, pasábamos por delante de uno tras otro caminando a lo largo del paseo marítimo.

Giuditta torcía la cabeza para estudiar los músculos de Rafael, que había quedado a su lado. Aparte de la camiseta y las bermudas, se parecía al *David* de Miguel Ángel, del que conocíamos incluso las venas en relieve de sus brazos y manos. Adriana advirtió la mirada demasiado pegajosa y de un salto se interpuso entre él y Giuditta, cubriéndole la vista.

Estábamos en perfecta igualdad en el habitual dilema de Pescara: ¿cucurucho de *Berardo* o de *Camplone*? Ganó la inimitable nata que uno de los dos ponía encima. Cuando la voz le llegó directa a la nuca, Adriana estaba eligiendo los sabores con su goloso dedo índice en el vidrio del mostrador.

–Te invito yo al helado –dijo Vittorio. También había venido a la ciudad por los fuegos de San Andrés, y se separó del grupo en cuanto vio a aquella figura tan familiar y deseada. Qué suerte debió de parecerle encontrarla allí por causalidad. Habían crecido juntos, compañeros de clase y de tardes despreocupadas en la plaza entre las casas populares de las afueras del pueblo. Habían jugado al pañuelo y al balón prisionero, y por la mañana, durante la primera hora de clase, Adriana copiaba los deberes de los ordenados cuadernos del alumno diligente. Luego ella cambió, las líneas de su cuerpo se curvaron, se lavaba el pelo más a menudo y, a la luz, el castaño oscuro brillaba aquí y allá con el resplandor del cobre. También cambiaron las intenciones de Vittorio, la complicidad que buscaba era distinta, más adulto el juego que le pedía solo con la mirada, con sus fosas nasales dilatadas sobre el incipiente bigote. Quién sabe cómo habría sido la vida de mi hermana si le hubiera correspondido. Vittorio quizá podría haberla llevado lejos, allí donde iba a aprovechar la energía del sol y del viento. Al menos uno en la clase de Adriana logró licenciarse.

–¿De verdad no te gusta? –le pregunté un día.

–Lo veo como a un hermano –respondió entonces.

Aquella noche, en la heladería, Adriana se dio la vuelta y él ya no vio a nadie más. Advirtió en cambio el pequeño mosquito que se posó en su hombro y lo ahuyentó con un ligero gesto, casi una caricia.

–¡Eh!, ¿y esas confianzas? –Y Rafael se le tiró encima. Cogió por el pecho la camiseta de su rival.

–Déjalo estar, es mi primo –dijo Adriana y se interpuso entre los dos, de cara a Rafael y lista para detener la pelea, pero orgullosa en el fondo de ser ella el motivo. Todos nos miraban y enmudecí por el asombro, por una vergüenza injustificada.

–Ven, salgamos –le dije entonces a Vittorio tocándole la espalda.

Las cremas del cucurucho que no había lamido goteaban por la oblea hasta su muñeca. Fuera encontró al grupo del pueblo y se fueron.

También salieron Adriana y Rafael, abrazados como si nada hubiera ocurrido, y Giuditta, todavía excitada por la escena.

De repente me di cuenta de que eran las dos de la madrugada: a los dieciséis años mi hermana se encontraba a cincuenta kilómetros de casa con un hombre tan celoso.

–¿Cómo regresas ahora? –le pregunté en voz baja.

–Me lleva Rafael –respondió poco convencida.

Giuditta la invitó a dormir con nosotras, nos arreglaríamos en su habitación, pero no quiso.

–No me importaría ir a dar una vuelta con el novio de tu hermana –dijo mi amiga cerrando los ojos.

Me quedé despierta pensando.

Aquella podría haber sido la primera noche de Adriana en Borgo Sud, no estoy segura. Sé que de vez en cuando iba a casa de Rafael durante el día, donde Isolina la recibía, dividida entre la hospitalidad y la sospecha. Era amable de aquel modo enérgico y veraz con la *guagliona* de su hijo, pero también temía que se lo llevara. Era su único bien en el mundo, aparte de la gran familia marinera que en los meses de verano dormía con las puertas abiertas. Los vecinos se reunían los sábados por la noche en la parte trasera de la casa verde para escuchar a Rafael cantar acompañándose con la guitarra. Eran momentos de felicidad para Isolina: su hijo en tierra, a salvo, entonaba *L'immensità* de Don Backy o nuestro eterno *Vola, vola, vola*, y en el estribillo la gente del Borgo se unía en coro. Unos asaban los *arrosticini* en la parrilla, otros los distribuían junto con el vino. Al final de la semana los hombres tenían hambre de carne, no querían saber nada del pescado que habían estado comiendo rápidamente en los barcos durante días.

73

Isolina debió darse cuenta pronto de que aquella chica no le quitaría a Rafael, más bien al contrario, era ella quien buscaba refugio, cuidados sencillos, protección. Se colaba entre los olores de sus cocinas, la ropa secada al aire salado, las esperas de los barcos de pesca que regresaban del mar. Iba a verla incluso cuando Rafael no estaba, con la excusa de esperarlo.

—Ahora vuelve arriba con tu madre —decía a veces la mujer.

Tal vez los tres habían almorzado juntos, entonces ella se iba unas horas a casa de las vecinas para dejarlos solos y al regresar todavía encontraba allí a Adriana, que ni tan solo se preguntaba si debía volver a casa. Parecía una huérfana.

Yo lo era más que ella, pero sabía ocultar lo que me faltaba. Negociaba con una falsa normalidad. Me uní a Piero a los veinticinco años, no demasiado joven, pero sabía muy poco de mí misma. Algunos domingos de invierno ni siquiera teníamos ganas de levantarnos del sofá y salir por las calles de la ciudad. Nuestras soledades, apoyándose la una en la otra, nos calentaban hasta los huesos.

8

En la avenida Regina Margherita reduje la velocidad al mínimo. Adriana miraba hacia afuera distraída con el ceño fruncido. Llevaba la fotografía de nuestro hermano en su regazo. Debía apresurarme a hablar con ella, en casa encontraríamos a Piero con el niño y ya no me diría nada más.

—¿Sabes al menos cuándo vuelve Rafael? —pregunté con precaución.

Respondió que no con la cabeza, molesta.

—Si me cuentas lo que pasó, tal vez pueda ayudarte. Se movió, apoyándose por completo en la puerta con aire impaciente. Resopló murmurando algo para sí misma. Luego se inclinó repentinamente hacia mí, casi tocándome con la nariz.

—¿Quieres ayudarme? ¿Cuánto dinero tienes? Rafael está lleno de deudas, si tanto quieres saber. —Y se dio la vuelta de nuevo con los brazos cruzados.

Me quedé callada tras el golpe inesperado.

—¿Dejarás de ir a paso de tortuga? Tal vez sea la hora

de merendar para tu sobrino –gritó de repente. Toda la cabina vibró con su rabia.

Obedecí instintivamente, apretando el acelerador.

–Ahora no tengo mucho –dije girando en la calle Zara–. Acabo de comprar el coche y todavía estoy pagando las cuotas de los muebles –me justifiqué.

–Entonces no puedes ayudarme –concluyó secamente frente al garaje.

En el ascensor ya parecía tranquila, pero tenía un veneno frío reservado para mí.

–Si lo pagas todo tú, no entiendo por qué te casaste con Piero –dijo mirando los botones.

–Tengo un trabajo, mi marido no tiene que mantenerme –respondí girando la llave en la cerradura.

A media tarde la casa estaba fresca, perfumada con la lavanda que había secado el año anterior. Piero había cerrado y oscurecido las ventanas expuestas al sol y había abierto las demás. En verano controlaba las corrientes de aire y las sombras, así no sufríamos el calor. Estaba en la cocina con Vincenzo y le daba el yogur jugando al avión. También lo había cambiado, un borde del pañal sobresalía del cubo de basura.

La tensión de la visita a Borgo Sud se aflojó enseguida en mis nervios y músculos, incluso la noticia de las deudas de Rafael me parecía menos grave. Me senté en el sofá, en el lado que conservaba la huella de mis formas, con el codo de punta. Escuchaba las voces que llegaban: Piero contaba las horas que había pasado con el niño, Adriana les decía bravo a los dos. Desde la pared de enfrente me miraban libros y cuadros, el tapiz con los rostros misteriosos bajo sus grandes sombreros.

De todas las casas en las que había vivido, ninguna había sido tan mía, quizá solo la de Montesilvano donde había crecido con mis tíos, pero entonces no sabía que era feliz. A los trece años me desperté una mañana en el pueblo y a mi lado Adriana se había hecho pipí. Acabábamos de conocernos.

Durante la universidad encontré una habitación con baño y cocina en la periferia de Pescara. Nada acogedora. Desde allí un autobús me llevaba a Chieti para las clases y otro al centro, donde ayudaba a algunos chicos con los deberes. Desde la única ventana se veía una pared demasiado cerca, con un pluvial que bajaba hasta el suelo de cemento. Se había roto en un punto, goteaba con cada lluvia y el agua ensuciaba el yeso amarillo. Mientras estudiaba miraba cómo la línea se extendía en bifurcaciones y flecos, y se coloreaba de verde con la minúscula vegetación que crecía sobre ella. Era mi único panorama, si no hubiera sido por el agujero en el zinc, creo que me habría vuelto loca en aquella casa.

Adriana vino en mi segundo año allí. Estaba harta de estropearse las manos en el campo, quería «un trabajo limpio en la ciudad».

El primer día volvió del supermercado del barrio con pan y un gran tarro de crema para ablandar los callos y reparar las grietas. No se apresuró a buscar trabajo, no podía presentarse con aquellas manos de palurda, decía. Sentada en el catre que había abierto para ella, se las untaba con Nivea, masajeándolas largo rato. Nunca se había cuidado tanto.

Mientras tanto, volvió de nuevo con Rafael. Hacía meses que habían roto, una de las cien veces. Rara vez me cruzaba con él, Adriana solo lo llevaba a casa cuando yo no estaba. Un día él se olvidó una caja de preservativos en el baño y fingí no verla, hasta que mi hermana la quitó. Prefería mantenernos separados y encontrarse con él entre los barcos, el mar y los peces, Isolina y Borgo Sud. En aquella periferia de cemento armado estábamos tan lejos del agua que ni siquiera nos llegaba la brisa. Nunca conocí realmente a Rafael, todavía se me escapa.

El desorden de Adriana y algunas de mis intransigencias provocaban peleas furiosas. Daba un portazo y podía volver dos días después, porque tenía el otro lugar donde quedarse. Regresaba a mi casa para poder salir por la noche cuando Rafael estaba en alta mar, no tenía que saber que su *guagliona* se divertía también sin él. Fueron años de desenfreno para Adriana. No lograba contenerla en el peligroso ejercicio de su libertad.

La acompañaron los carabineros en un amanecer de espanto. Había ido a la fiesta de la Madonna dei Sette Dolori desde la tarde y no la había vuelto a ver. Se metía en los grupos menos recomendables, iba a barrios como San Donato y Rancitelli, conocía a gente que vivía en el Treno o en el Ferro di Cavallo, traficantes de droga incluidos. Todavía no me explico cómo nunca se ha drogado después de todo lo que ha tocado. Adriana es así, se sumerge en el lodo y sale blanca.

Los carabineros la encontraron con ciertos sujetos de Zanni que al final de la gloriosa noche bajaron al centro a destrozar escaparates, a ella solo le tomaron sus datos personales.

–Tenga más cuidado con su hermana –me dijo el suboficial mayor, mirándome insomne y desolada como estaba.

Nuestros padres nunca nos visitaron en esa casa, ni siquiera sabían dónde estaba. Decían genéricamente que estaba –estábamos, luego– en Pescara y pronunciaban el nombre como un lugar fabuloso, exótico. Los cincuenta kilómetros de distancia se multiplicaban por su intenso arraigo al pueblo. Confiaban en mí –«Basta con que no tengamos que soltar dinero», decían–, pero dejaron incluso de ejercer sobre Adriana aquella mínima vigilancia que podía desembocar en castigos físicos. Desde que se fue para estar conmigo, se retiraron de su vida.

–Ahora piensa tú en tu hermana –dijo mi padre.

Solo los carabineros la asustaron, pero no duró mucho. Pasó unos días sin salir, ordenaba y limpiaba, en silencio y con la radio apagada. Casi creí que trabajaba del mismo modo en su interior.

Antes de que llegara mi hermana compartí habitación y alquiler con Linda. Su familia venía a visitarla desde la provincia de Teramo con cajas llenas de conservas: salsas preparadas, mermeladas, setas. Incluso traían los huevos y el pan horneado por la madre, todavía caliente, envuelto en un paño. Recuerdo con precisión el perfume de las *pagnotte* y la generosidad de Linda cuando estábamos ella y yo. En cambio, si invitaba a un chico, ni siquiera se soñaba con poner la mesa para tres. Estudiaba arquitectura y en la habitación no había espacio para el tecnígrafo que su padre le había comprado y por eso se fue, o por el peso insoportable de mi tristeza.

Con Adriana al menos estábamos igualadas, abandonadas a nosotras mismas, solas en el mundo, hermanas. Nos peleábamos por la radio encendida mientras yo estudiaba, la ventana que ella quería abierta y yo cerrada, sus horarios de regreso. A cada una le quedaba la certeza de la otra en el fondo del dolor que nunca nos confesamos.

Regresábamos al pueblo algunos fines de semana, no siempre juntas, Adriana más raramente. Luego empezó a trabajar en bares y restaurantes, cambiaba a menudo. «Ahora debo tomarme un poco de libertad», decía en un determinado momento y descansaba uno o dos meses, o incluso más.

Los sábados y domingos mi madre parecía indiferente a mi presencia. Entre la colada y la cocina casi nunca hablaba, pero normalmente cocinaba lo que a mí me gustaba, o en el momento de irme metía un frasco de encurtidos en mi bolsa.

Mi madre siempre fue imprevisible. Tenía atenciones inesperadas y luego se encerraba de nuevo. Conocía aquellas atenciones y su intermitencia. Trataba de ganármelas, pero no era por mérito o por culpa, llegaban o faltaban. Si lo hubiera sabido cuando era joven, habría ahorrado mis fuerzas: si hubiera sabido que su afecto no dependía de mí.

Adriana pidió trabajo a Odilia al final de un verano. Se lo había pasado horneando pizzas en un balneario y quería refrescarse, dijo. Fue un gran salto atrás, de la costa a una aldea de campo con unas pocas casas alrededor de un cruce. El restaurante, Al Bivio, estaba menos lejos del pueblo que de Pescara y allí no había el frescor que mi hermana buscaba.

Si la memoria no me falla en esa noche interminable, volvía a casa después del examen de Crítica Literaria. En cuanto desembarcó, Rafael se acercó a nuestra ventana en un ciclomotor y la escena entre dentro y fuera la oyeron hasta en el puerto, debieron de temblar incluso los peces en el agua. Alguien le había contado en el mar las salidas de Adriana durante sus ausencias. Después de la bronca, salió volando con la vieja Ciao, ella se lo pensó un poco y preparó una bolsa.

El restaurante siempre estaba lleno, por los *arrosticini* con los grandes trozos de carne cortados a mano. Adriana trotaba hasta altas horas de la noche, sin tener en cuenta el horario de trabajo, y la mayoría de las veces se quedaba allí si no encontraba un pasaje para el pueblo. Se enamoró del lugar, olvidando por un momento el Borgo y a su irascible amor. Por delante, el local era como cualquier otro: tenía un pequeño aparcamiento, el letrero de neón y las macetas de geranios rojos, así es como lo vi cuando fui allí. Por la parte de atrás se abría un campo baldío y misterioso, aparte del cercado con el huerto de Odilia. Sus animales vivían libres, solo el gato dormía en la casa. La cabra pastaba los sabrosos arbustos de la zanja cercana. A la misma hora de la mañana el perro ladraba y, como si fuera una señal convenida, el gato bajaba con un salto la manija interior de la puerta y ella lo dejaba entrar. La cabra los seguía con un ruido como de tacones discretos subiendo por las escaleras y juntos iban a la habitación de Odilia. La mujer abría sus ojos azules y se volvía contenta hacia ellos. Adriana se levantaba expresamente para verlos y reía.

Entonces Rafael sintió la habitual nostalgia por su cuerpo nervioso y su cabeza loca y fue a comer allí los *arrosticini*. Alguien debió haberle dicho dónde estaba. Adriana no quería dejar el restaurante, pero de repente se había convertido en un lugar demasiado lejano. Decidió sacarse el carnet de conducir y comprarse un coche usado. Cuando el dinero no le fue suficiente pensó en las muchas horas extras no retribuidas y simplemente lo birló de la caja de Odilia.

9

Todo ocurrió en una tarde. Odilia dejó cabra, perro y gato, y llegó al pueblo con la Ape. Se tragó las curvas cuesta arriba, tirando el motor al máximo. Conocía la calle, el aparcamiento debajo del edificio donde los niños se rebelaban contra cada coche que llegaba para quitarles espacio a sus juegos. Había ido a buscarla varias veces, cuando Adriana había perdido el autobús y en el restaurante había carne para ensartar en los pinchos. Aquella noche no se había quedado a dormir, se había ido con Rafael, despidiéndose con un saludo a medias. Unos días antes le había pedido las dos o tres pagas atrasadas y le había echado en cara las horas extras nunca calculadas. De las chicas que habían trabajado allí, ella había sido la más rápida. Al final, incluso demasiado. Después de limpiar la recaudación, seguro que no volvería a presentarse.

Pero no estaba en casa. Ante las insistentes llamadas al timbre mi madre salió al rellano, de modo que a Odilia, sudorosa y jadeante, la oyeron también los que descansaban en aquellas nubladas horas de la siesta. Escucharon lo que había ido a decir sobre la hija de Evuccia y hablaron de ello durante semanas. En el pueblo aún recordarán la fechoría de Adriana en el restaurante Al Bivio, que ya no existe.

En el tiempo que tardó el sol en ocultarse detrás de los Capuchinos, todo se precipitó. Mi hermana debía de haber llegado poco antes de que me bajara del autobús, sin duda había dormido en Borgo Sud. Oí los gritos cada vez más fuertes a medida que me acercaba, luego empecé a distinguir insultos y blasfemias, y la palabra vergüenza repetida por las dos voces. Volaba hacia la plaza, sin prestar atención a los que me miraban por la calle, sorprendidos por mi jadeante carrera. El corazón me atravesaba el pecho, y la vergüenza que gritaban en casa ya estaba sobre mí. Al subir las escaleras ya no eran solo gritos, sino otros ruidos. Los vi nada más entrar: eran bofetadas, empujones, sacudidas; un cuerpo cayendo o chocando contra la pared, la mesa desplazada e inclinada, las sillas volcadas. La ropa, que había sido recogida y doblada, estaba toda por el suelo, una prenda llevaba impresa la huella oscura de un zapato. Mi madre golpeaba a Adriana y hasta ahí podía creerlo, pero Adriana también golpeaba a mi madre. Le mordió un brazo delante de mis ojos, le estampó una mano en la cara con toda su fuerza. Necesité unos momentos para entender la escena que estaba viendo. Entonces cerré la puerta y me lancé al centro de aquella furia gritando yo también: basta, para, déjala. Tenía encima patas, uñas de animales que seguían luchando por inercia. Se detuvieron de repente, su respiración se mantuvo descontrolada, caliente y frenética sobre mí. Cuando pudo, mi madre habló:

–No le digas nada a tu padre, ahora cuando regrese.

Dio un paso y volvió a encararse a Adriana. Sacó un pecho del escote de su vestido de diario, nunca le había visto aquella parte tan íntima, blanca, marchita por el hambre de seis hijos. Lo cogió entre el índice y el dedo corazón, como en el acto de ofrecerlo a un lactante y apuntó el pezón morado.

–Maldita seas para siempre, desgraciada que me has puesto la mano encima. Yo te di sangre y leche, yo te maldigo.

Volvió a colocar el pecho en su sitio, luego levantó una silla, recogió unos paños de cocina y desapareció en la habitación. Adriana permaneció inmóvil, agotada, con el pelo pegado a su cara pálida como nunca. La miraba, con un nudo inextricable de pena y horror.

No sé con certeza quién de las dos empezó. Mi hermana juró que ella no, que aguantó como siempre los insultos –ladrona, puta– y las primeras bofetadas. Me lo contó más tarde, ya estábamos en la cama. Solo nuestro padre cenó, cada una de nosotras se inventó una excusa: una, un dolor de cabeza, otra, un dolor de barriga.

–Cuando se le ha escapado que estoy deshonrando a la familia, ya no he visto nada más y he pegado yo también. ¿Qué clase de familia somos? –preguntó.

No supe contestarle. Tenía miedo de la maldición. Solo eran viejas supersticiones, pensamiento mágico e ignorancia, intentaba tranquilizarme a mí misma, pero temía por ella. Reanudó su vida en Pescara, un poco en mi casa y un poco en Borgo Sud, trabajando donde encontraba algo. Veía aquella sombra sobre ella y estoy segura de que ella también sentía su peso.

Más tarde me enfrenté a mi madre en su ausencia.

–Tienes que quitarle la maldición. Adriana es tu hija.

Se encogió de hombros con aquella manera suya de disminuir cada argumento.

–No sé quitarla. Si tu hermana no sienta la cabeza, terminará mal –dijo.

En la mesita de noche el teléfono vuelve a vibrar, gira un poco sobre la superficie. No esperaba recibir respuesta a mi mensaje de hace unos minutos, solo he lanzado una pregunta, un anzuelo en esta oscuridad, este silencio, convencida de que no pescaría nada. Al parecer no soy la única que permanece despierta. Un lenguaje formal dice que no se han aclarado todavía las circunstancias de lo ocurrido y que se espera que se produzca algún avance en las próximas horas. Luego cambia el registro: *Paso por el hotel a las ocho, ahora intenta dormir. Verás que mañana se sabrá algo.* Nos equivocamos todos con ese mañana que ya es hoy.

La tentación de llamar a Christophe llega a mis dedos, aquí está el número. Renuncio. Ahora ya no encuentro el valor. Si estuviera en Grenoble, cruzaría el rellano y llamaría suavemente a su puerta, dice que puedo hacerlo en cualquier momento.

«Héctor quería venir a tu casa», me disculparía.

A veces ya está despierto a esta hora, perdido entre sus notas. O todavía no se ha dormido, no hay manera de saberlo. Su sueño es breve y concentrado. Le basta una mirada para saber cómo estoy. Me siento en un pequeño sofá cubierto con una funda de lana colorida y él enciende el hervidor, abre la caja de madera de las infusiones: la de salvia y limón es mi favorita. Al minino, croquetas Dano biológicas. Con la taza caliente entre las manos y Christophe sentado enfrente, tan tranquilo, es fácil confiarse. Mira mi pijama de seda azul y dice que soy elegante incluso de noche. Habla poco de sí mismo, pero es un oyente atento. Acaricia a nuestro gatito cartujo sobre sus piernas y escucha. Nota el acento italiano que resuena por momentos en mi francés.

Entonces Héctor abre sus ojos amarillos y se traslada a mi regazo. Siento el calor de sus manos sobre el pelaje gris. Nos buscó inmediatamente después de que su anciana dueña muriera en el segundo piso. Era una mujer sola y el gato lo sabía, subió hasta el último peldaño y maulló en la puerta de Christophe. Olfateó el olor de alguien que siempre se detenía cuando lo encontraba por las escaleras. No sé qué daría por tener ahora a mi vecino aquí delante.

Aquel día que Adriana le pegó, mi madre me pidió que no dijera nada a mi padre, pero no era necesario. Ni siquiera me lo conté a mí misma.

No se hablaron durante años, solo señales enfurruñadas, monosílabos, órdenes con la boca torcida –coge la sartén, limpia el suelo– las pocas veces que Adriana regresaba.

Hubiera preferido que mi hermana no fuera, sobre todo cuando yo no estaba. Me asustaba lo que podría repetirse. Quizá ella también tenía miedo, pero volvía de todos modos. Volvía para sentirse hija, nacida, viva en la Tierra.

Esta era mi familia. Regresaba el sábado por la tarde para reunirme, como Adriana, con la misma raíz dolorosa. Nunca llevaba a nadie de Pescara al pueblo, nunca a una amiga, a un chico, nunca a Piero, durante mucho tiempo. En el puente sobre el Tavo cruzaba sola una frontera que dividía el mundo en dos.

A veces Piero insistía en acompañarme en coche y nos despedíamos en la plaza, frente a la gasolinera. Los rumores sobre mi novio de la ciudad llegaron a casa.

–¿Por qué no lo haces subir? –preguntaba mi madre.

Siempre era demasiado pronto, incluso cuando un anillo de oro blanco brillaba en mi dedo anular izquierdo. El día que lo invité a cenar la fecha de la boda ya estaba fijada.

Mi padre pintó el comedor y la cocina, donde la pintura de la pared había saltado en algunos lugares y estaba manchada de grasa sobre los fogones. Mi madre compró un juego de platos en el mercado de los jueves, de lo contrario serían todos diferentes y, además, algunos estaban un poco desportillados. No era la porcelana blanca a la que Piero estaba acostumbrado, pero destacaban con aquellos colores brillantes sobre el mantel planchado y me gustaban.

Ella preparó las *crispelle* en caldo y de segundo un pollo de corral que una campesina le había traído por la mañana. La ayudaba con el ojo puesto en el reloj, ahora se me caía una patata de la mano, ahora el cuchillo. Rompí un vaso y los cristales saltaron por todas partes.

Poco antes de la llegada de Piero hubo una discusión por la ducha: las dos la necesitábamos al mismo tiempo, mi madre sentía encima el olor de la carne al horno. Me pidió que la peinara y la contenté, manteniendo a raya la incomodidad por la inusual proximidad de su cuerpo.

–Podrías ser peluquera –comentó al final, y quién sabe qué quiso decir: gratitud, un cumplido o la llamada a un trabajo más útil y concreto.

No sucedió nada de lo que temía. Piero saboreó el primer plato y luego dijo, lamiéndose un dedo, que nunca había comido un pollo así. Hablaba con mi padre de la pasión por la montaña y del tráfico insoportable de Pescara. Se entendían, entre el italiano de uno y el dialecto medio adaptado del otro. Se turnaban para servir el vino.

Mi madre, más silenciosa, iba y venía de la cocina a la mesa, con la mirada puesta en el invitado. Cuando se despidieron, la besó instintivamente en las mejillas.

Más tarde lavé los platos y ella recogió el mantel. Fue entonces cuando lo dijo:

–Es un joven guapo, pero se ve que no es uno de los nuestros. Creo que es un poco demasiado para ti.

Cerré el agua y me volví hacia ella. Sin quererlo golpeaba fría y profundamente. Tal vez yo también sentía que Piero era demasiado para mí.

Me mordí el labio y dejó de temblar. Entonces respondí:

–Recuerda que crecí en otro lugar. Y que he estudiado.

No se impresionó por tan poco, y fue ella quien pronunció la última palabra:

–Después, si te hace sufrir, no vengas aquí a llorar.

No era la maldición lanzada sobre Adriana, pero pesaba como una profecía.

La oscuridad de la habitación 405 se ilumina ahora con una verdad súbita: mi madre adivinó el futuro de sus hijas, lo presentía dentro de sí de aquella manera tan suya visceral, física, como un cólico, una turbulencia del intestino. Mi madre vivía en los presagios. Cuando Adriana fue a mi casa con el niño en brazos, cuando me contó las deudas de su hombre, tenía justamente aquella cara maldecida.

10

El niño se reía con sus profundos hoyuelos en las mejillas ante las muecas y monerías de la dependienta.
Lo tenía sentado en el mostrador de madera junto a la
caja. La dueña los miraba divertida mientras sostenía
unos vestidos a la espera de pasárselos a alguien en el
probador. Un brazo que conocía retiró la cortina para
cogerlos. Fingía interés por las prendas expuestas en el
escaparate, leía los precios con incredulidad –más de
trescientas mil liras la falda de tubo– y mientras tanto
espiaba el interior.

Había visto a Vincenzo por casualidad. Y allí estaba
Adriana, con un vestido de tirantes que comenzaba
siendo celeste en el pecho y se esfumaba en todas las
gradaciones hasta el azul marino en los tobillos. Se miraba en el espejo complacida, dándose la vuelta para
ver el efecto en la espalda. La señora le mostró un bo-
lero para combinar y ella dijo que no con la cabeza. En
cambio, quiso el vestido en una elegante bolsa negra
con la inscripción SANTOMO. Me alejé antes de que sa-
liera.

Masqué mi rabia mientras me dirigía a casa: con todo el miedo que tenía de que la encontrara quién sabe quién, había ido hasta la *boutique* más famosa de la ciudad. Giró en la calle Zara mientras yo abría la puerta, caminando rápidamente detrás del cochecito. Mirándola de lejos, con el pelo tan corto y mis gafas oscur≤as, parecía una punki.

—¿Dices que tenéis deudas y luego te vistes en Santomo?

Me encaré a ella ya en la entrada, sin darle tiempo para desabrochar el cinturón de Vincenzo y cogerlo en brazos.

—Si tanto quieres saber, dentro de diez días tengo una ceremonia en Picciano y no voy a presentarme con harapos —respondió sin alterarse.

En la boda de la prima de Rafael iba a ser testigo de la novia. Se le quebró la voz al referirse a la ausencia casi segura de él.

—¿Y por qué no vuelve? —pregunté impaciente.

—Está en Marruecos haciendo pesca transoceánica —dijo.

Su barco estaba parado en el puerto desde hacía dos meses, se había ido en busca de mayores ganancias. A veces las verdades de Adriana llegaban inesperadamente, a trozos.

—Al menos para el vestido podrás ayudarme, ¿no? Te lo devolveré en Navidad —prometió como si estuviera segura de que le iba a tocar la lotería.

En la tienda había dejado una cantidad a cuenta, mi número de teléfono y sobre todo el apellido de Piero, uno de los más conocidos de la ciudad.

–No conoces la vergüenza –le grité agarrando el bolso.

Salí corriendo y antes de que cerraran pagué la deuda con un cheque. Había adelantado el precio de las rebajas a aquella chica tan simpática, dijo la señora de las pulseras sonantes. Demasiado, me hubiera gustado responder mientras escribía seiscientas mil junto a liras, respirando su perfume. La advertí de que no volviera a darle crédito a mi hermana.

–Le gusta la ropa de firma, pero no puede permitírsela. No volveré a pagar por ella.

También le pedí, llevándola un poco aparte, que no dijera nada a la madre de Piero, una de sus mejores clientas.

Siempre limité al mínimo los contactos entre mis padres y la familia Rosati, se habrán visto en dos o tres ocasiones alrededor del momento de la boda. Mis padres eran inofensivos, estaban tranquilos en el pueblo, más allá de una línea de demarcación imaginaria. No tenían ningún deseo de cruzar el puente sobre el Tavo, ningún interés por la ciudad o el mar. Nunca habían estado en una playa y veían a los bañistas en traje de baño por la televisión con una especie de lástima.

En cambio, mi hermana era un peligro, sus excéntricas rutas podían llevarla a cualquier parte. Temía que Costanza llegara a saber demasiado de ella, tan insensata.

–No digas a tus padres que Adriana y el niño están aquí, de hecho será por poco tiempo –le recomendé a Piero.

No le dije nada sobre el vestido con conchas reales incrustadas en el corpiño y sobre su apellido usado como garantía para obtenerlo. La felicitó cuando se lo vio puesto la mañana de la ceremonia.

–Se lo he regalado yo –mentí solo en parte.

Adriana es una oportunista instintiva, no de manera calculada. Se sirve de quien puede serle útil, conservando una especie de inocencia, un candor infantil. Sobrentiende que puedes disponer de ella de la misma manera.

No recuerdo después de cuánto tiempo fue al banco a pedir un préstamo, indicando a Piero como garante. Le dijo al empleado que preparara los papeles, el doctor Rosati pasaría a firmarlos.

Las deudas de Rafael eran suyas, fijadas en su mente, un agujero negro que succionaba su energía. Perdió años buscando dinero. A mí también me costó aprender a decirle que no. Entonces se lo pidió a Piero, a escondidas. Que ya no fuera mi marido era un detalle insignificante para ella.

–Se separó de ti, no de mí –respondió con lógica férrea cuando la descubrí.

Tal vez ahora podría tomar unos gránulos más de Sedatif PC. Ya no cuento con dormir, pero podría ayudarme a afrontar la jornada de mañana, que desde hace horas ya es hoy. Me acerco un momento a la ventana, miro este rectángulo de ciudad tan americana. Cada vez que regreso encuentro algo nuevo. Pescara es una palestra de arquitectos y artistas. Mi hermana y yo la hemos amado, cada una a su manera. Nos acogió. Si no hubiera desperdiciado su talento para el dibujo, podría haber proyectado ella la estación de tren con espejos, el Ponte del Mare, la fuente en forma de cáliz para la plaza Salotto. Trago los gránulos sin agua.

Adriana y el niño estaban con nosotros cuando sucedió la primera vez: Piero no volvió a dormir. Todo el tiempo imaginaba el accidente. Tomé un ansiolítico, entonces usaba el Tavor. La pastilla no me detuvo, seguía moviéndome entre el dormitorio y la cocina, en un pasillo de angustia. Veía los detalles, las planchas retorcidas y humeantes, el aceite del motor goteando sobre el asfalto. Y a Piero muerto, intacto en su belleza a la luz de los intermitentes.

La mañana siguiente era domingo, Adriana salió descalza a la terraza con el vestido que había llevado en la boda la semana anterior. La brisa se lo movía en ondas de las caderas para abajo, una franja de mar. Abrazado al cuello de su madre, Vincenzo, desnudo, intentaba arrancar una concha del corpiño. Eran el retrato del verano, de la vida.

—¿Así te vistes para el desayuno? —le pregunté, fascinada a mi pesar.

—Pero ¿no has visto qué hermoso día hace? Quiero celebrarlo —dijo retirando de la concha los dedos del niño—. Y luego quiero disfrutarlo, con todo lo que pagaste por él. —Y dio una vuelta sobre sí misma para mostrarme el esplendor del tejido henchido por el aire—. ¿Dónde está Piero? —preguntó sorbiendo el café.

—Llamó hace un rato, se quedó en Roma después del congreso.

—También podría haber hecho el esfuerzo de llamarte anoche, tienes unas ojeras que asustas.

—Lo decidió tarde y no quiso despertarme —respondí pensativa desde mi silla de mimbre.

Reflexionó un poco, como deduciendo algo.

—Tu marido debe de ser el mejor dentista de Italia para asistir a todos esos congresos —dijo luego.

Piero no dio tiempo a que me afectara aquella duda, llegó cuando aún estábamos allí, frente a las tazas vacías. No me levanté para saludarlo, creo que incluso me aparté un poco hacia un lado cuando se inclinó para abrazarme y pedirme muchas disculpas, tantas como besos en el pelo. Traía los cruasanes de Renzi y un regalo para mí de la capital: unos pendientes étnicos de plata con pequeños corales. La noche que había pasado me pareció una pesadilla que casi podía olvidar, Adriana lo miraba en silencio y socarrona con su vestido en movimiento.

Entonces ocurrió de nuevo. Colaboraba desde hacía poco con un despacho de Foggia e iba una vez por semana. Me dijo que no me preocupara si no volvía por la noche: mejor dormir en el lugar después de un día de trabajo. ¿Recordaba aquel ataque de sueño en la autopista dos años antes? Se salvó de milagro.

Estaba tranquila. Hoy apenas me reconozco en la esposa complaciente que fui. Era terca en mi paciencia.

Aquel domingo teníamos que participar en una excursión a la Majella, pero los demás ya se habían ido.

—Entonces te llevaré a la playa, pero no aquí abajo, iremos a la Torre di Cerrano —propuso Piero, ansioso por recompensarme.

Adriana alargó la mano para coger las gafas de sol que estaban sobre la mesa y se las puso. Vi con precisión el oscuro destello de su mirada sobre él, un momento antes de que la cubriera.

Fuimos en moto, velozmente a lo largo de la costa. Lo estreché para mantenerme en el asiento. Después de años juntos, todavía me sorprendía un calambre de deseo en el vientre. De vez en cuando dejaba el manillar y me acariciaba el brazo.

No había mucha gente en la playa debajo de la
Torre. Nos tumbamos boca abajo en las toallas uno
al lado del otro. Se nos acercó el chorlitejo patinegro corriendo por las dunas, seguido de sus polluelos
ya crecidos. No habíamos visto el nido en la arena, a
unos metros de distancia. Se acurrucaron en el hoyo
y los pequeños se refugiaron bajo las alas maternas,
en el plumaje más denso y suave. Le susurré a Piero
mi asombro, pero él apenas los miró, luego se levantó
de golpe.

Fui a la orilla y ya estaba lejos, atravesaba las bandas
de colores del agua nadando elegante y rápidamente.
En pocos minutos su cabeza se convirtió en un punto
oscuro en el azul. Me bañé sola.

–¿Buen tiempo en Hvar? –bromeé cuando se unió
a mí en las toallas.

–Llueve. –Y se escurrió el pelo sobre mi espalda.

–Ayer llamó Morelli, nos invita un par de días a su
casa de Scanno. En septiembre me encargará un seminario importante, puedo elegir a un autor del siglo XX.

Se alegró por mí, Piero siempre me había pronosticado una carrera brillante. Decía constantemente de
sí mismo que había sido un estudiante mediocre, que
no habría celebrado su licenciatura si no me hubiera
conocido.

–Quiero proponer a Pavese, pero como poeta. *Vendrá la muerte y tendrá tus ojos*, ¿recuerdas?

Fue mi primer regalo, en una cálida noche de mayo. Le sorprendió un poco el título; con el delgado libro en la mano, me miraba ahora a mí, ahora la cubierta. No debió de parecerle un regalo, sino un presentimiento. Yo llevaba esas páginas encarnadas en una memoria profunda y ni siquiera sabía por qué. Encontraba en cada verso la improbabilidad del amor. Entonces Piero llegó para desmentirlo.

Nos conocimos unas semanas antes, en las escalinatas de la universidad D'Annunzio. Estaba sentado con rostro sombrío, un manual abierto al revés, unos escalones más abajo.

–Se te ha caído esto –le dije mientras se lo daba.

En cambio, el manual Marmasse había volado tras un nuevo fracaso en el examen de Odontología conservadora. Lo retomó por amabilidad.

–¿Te apetece un café? Quizá me anima.

Los chicos con los que había salido se desvanecieron al instante. Así es como empezó. A la misma hora Morelli me esperaba en su despacho para hablar de la tesis doctoral.

Me di la vuelta, Piero dormía secándose al sol. Los chorlitejos patinegros habían abandonado el nido y correteaban por la arena.

Se despertó de repente, tal vez de un sueño. Miró a su alrededor desconcertado, reconoció la Torre y a mí a su lado.

Almorzamos en Cerrano Sub, el establecimiento más cercano. Conocíamos al viejo dueño, muy delgado y bronceado en todas las estaciones. Cocinaba él, *pennette* con almejas y tomate fresco, de segundo solo pescado a la parrilla. Rebañamos con el pan la salsa, que sabía a mar.

Aquel día no le pregunté nada, servía el vino blanco y tocaba mi copa tintineando con la suya. Bebía, tranquila.

Piero estaba rodeado por una especie de campo magnético que durante los años de nuestro matrimonio repelió mi rabia, excluyó ciertas preguntas, generó equívocos. Dentro de su aislamiento, nunca lo alcancé totalmente, nunca en su verdad. Tenía miedo de ir más allá de las apariencias, tranquilas como el agua más allá de las dunas de Cerrano.

11

Nos escapamos de la ciudad en moto una mañana opaca. En las Gargantas de Sagitario experimentamos de nuevo un frescor que nos faltaba desde hacía meses, tiritaba en los tramos de sombra.

–Vamos a ver a ese famoso profesor –dijo Piero.

No creí que aceptase de inmediato acompañarme a Scanno. A veces bostezaba mientras yo le hablaba con el entusiasmo de la discípula devota.

Morelli nos esperaba en la plaza del pueblo, con el periódico bajo el brazo. Llevaba un polo azul en lugar de los habituales trajes oscuros y sonreía a través de su cuidada barba. Nunca nos habíamos encontrado fuera de la universidad, me estrechó la mano con una calidez distinta. Le presenté a mi marido.

–Pero ya nos habíamos visto en Pescara, en el club de tenis –dijo escrutándolo.

Piero había vuelto a coger la raqueta hacía un año. La montaña ya no era suficiente para su necesidad de movimiento y de cansancio. En el club se relajaba después de las jornadas inclinado sobre las bocas de los pacientes, decía. Lo pensó un poco, no recordaba haber visto al profesor.

–No se preocupe, voy de vez en cuando para ver algunos sets, pero he dejado de pisar las canchas. Usted juega con Davide Ricci, el hijo de mi amigo ingeniero. Con ese físico de atleta, Davide es fuerte, ¿no?

Piero no respondió. Luego hablaron de copas y torneos, tierra batida o hierba, mientras paseábamos entre las casas de piedra. Escuchaba en silencio, nunca había ido a un partido, ni le preguntaba si había ganado o perdido. No sabía con quién jugaba. Por mis manos solo pasaba el equipo que él ponía en la lavadora.

–Aquí, en 1957, Giacomelli tomó la famosa fotografía expuesta en el MoMA –dijo el profesor deteniéndose en un lugar con buena vista.

–*El niño de Scanno* –recordé.

–Sí. El niño que camina con las manos en los bolsillos y la mirada adulta, el único sujeto enfocado entre las mujeres vestidas de negro. –Y Morelli casi se volvió completamente hacia mí–. En estas calles también trabajaron Cartier-Bresson y Berengo Gardin.

Mostraba las maravillas del pueblo, como si señalara la pizarra durante una clase.

–Pero antes que ellos –añadió rozándome un brazo– vino una mujer, Hilde Lotz-Bauer, ya en los años treinta.

–Entonces también entiende de fotografía, no solo de tenis y literatura –dijo Piero, que iba un paso por detrás de nosotros.

Morelli se volvió hacia él, dejando por un instante su ironía en suspenso. Le devolvió los buenos días a un hombre que, al cruzarse con nosotros, lo saludó con respeto.

–Como dice nuestro Flaiano, hoy en día, hasta el idiota es un especialista. Prefiero tener los ojos abiertos al mundo –dijo entonces.

El descontento de Piero me llegaba eléctrico en el aire. Rumiaba algo, tal vez se sentía excluido.

La señora Nina nos recibió en la casa, decorada con esmero y pocas concesiones a lo rústico: unas paredes revestidas de madera, una chimenea de piedra que ocupaba todo un lado del salón. Llevaba un perfume floral y se había calentado un poco en la cocina. El único adorno en su refinada sencillez eran las *circeglie*[2] balanceándose en los lóbulos de sus orejas.

–Aquí estás, por fin. Él habla de ti desde que eras su estudiante.

No cogió la mano que le tendía y me abrazó. La escucharía referirse a su marido siempre con ese pronombre, un «él» que sonaba tan mayúsculo como un *ipse*. Los había imaginado justamente así: se pasa-

---

2. Pendientes tradicionales de los Abruzos, particularmente de Scanno.

ban el agua o el pan y cada gesto reflejaba la costumbre de la ternura. No los distraían sus hijos, no tenían ninguno.

Almorzamos en una cocina luminosa, las dos ventanas abiertas parecían cuadros del lago, de los bosques. Estaba sentada frente al profesor y Piero a mi lado. Masticaba los tallarines con setas cuando se detuvo de repente. Con el rabillo del ojo vi que dejaba el tenedor y ya no se movió.

−¿Qué sucede? ¿Ya está lleno? −le preguntó Morelli.

−Lo siento, no como setas −mintió Piero.

−Hace un minuto se las comía con gusto −le contestó enseguida.

−Entonces discúlpenme, pero con este pelo en el plato no puedo terminar.

Miramos y allí estaba el pelo de Nina, teñido de castaño, enroscado caprichosamente alrededor de un tallarín. Ella se levantó y lo miró fijamente, con las palmas de las manos extendidas en el borde de la mesa. Repetía que no con la cabeza de forma mecánica e incontrolable, con sus pendientes sonando como campanillas agitadas.

−Cálmate, Nina, estas cosas pueden pasar −le dijo su marido tocándole el brazo y guiándola suavemente para que se sentara.

−No se preocupe, tomaré con mucho gusto el segundo −la tranquilizó también Piero.

La mirada de Morelli ya no lo abandonó. Ya nadie tenía apetito, el profesor y yo volvimos a enrollar la pasta con nuestros tenedores con desgana. Su esposa se esforzó por un momento pero luego se rindió. No recuerdo cuánto tiempo tardó en detenerse aquel llamativo temblor de cabeza.

–Estaba realmente exquisita –dije al final, con la cara todavía sofocada.

No miraba a Piero. Felicitó el asado, la porción extra que casi exigió le devolvió la benevolencia de Nina, tal vez, pero no la de Morelli. No podía perdonarle que hubiera expuesto su fragilidad.

–Así que usted es técnico dental –dijo ensartando una nueva patata.

«Ortodoncista», precisó Piero. Nadie mejor que un profesor universitario podría conocer la diferencia, pero la escaramuza continuó, con otras peticiones de aclaración. Sobre las motivaciones de un dentista, por ejemplo. ¿Era un oficio elegido por una vocación poco probable o por el ansia de dinero? Piero comenzó a impacientarse y a agitarse en su silla, yo empecé a sudar. Por debajo del mantel, apoyé una mano sobre su pierna contraída. La movió bruscamente. Dijo que alguien tenía que hacer determinados trabajos sucios.

–Ha continuado la profesión de su padre, lo conozco por su reputación. Pero él es médico –insistió Morelli.

Olió la tarta de frutas del bosque aún caliente que Nina nos servía, calmada. Se rascó la mejilla con un ruido crepitante.

–En cambio, yo elegí una carrera más corta, no quería malgastar todos esos años en los libros –lo provocó Piero.

Temía que en aquel momento Morelli lo echara de una casa de vacaciones cuyas paredes estaban de todos modos decoradas con volúmenes valiosos. También temí perder su estima, que aquel día se manifestaba más afectuosa, lejos de las aulas grises de la universidad. Me miró y no dijo nada.

Bajó el tono y se permitió una última ocurrencia:

–Entiendo que renunciar a la actividad iniciada por un padre requiere cierto valor.

Piero abrió la boca para replicar, pero la cerró al segundo. Siguió moldeando una miga de pan con las yemas de los dedos, hasta reducirla a una bola. Las señales que ya advertía en la plaza del pueblo se transformaron en un intenso dolor de estómago. Me disculpé y fui al baño. Sentada en el borde de la bañera me incliné hacia delante, conteniendo la respiración. En un vértigo circular giraban las toallas de lino con las iniciales bordadas en relieve, el jabón azul, el frasco barroco medio lleno del perfume de Nina. Por mucho que aguzara el oído ya no podía oír las voces del otro lado. No sabía si considerarlo una señal espantosa o tranquilizadora. Levanté la tapa del inodoro justo a tiempo para vomitar tan desafortunado almuerzo.

Tenía prisa por volver con ellos. Me enjuagué la boca y cogí un Spasmomen del bolso. Nina me preguntó si estaba bien. Habían pasado al salón para el café. Los tres parecían tranquilos. Miré a Piero de una manera diferente. Nunca me había sucedido, me avergoncé de él. Quizá era esto lo que en el fondo quería el profesor.

Llevada por un oscuro contagio, por unas horas me desplacé hacia su punto de vista. Mi marido cambió dentro de mí. Cuando nos conocimos quería abandonar los estudios, ya llevaba dos años de retraso. Preparamos juntos algunos exámenes: recuerdo las páginas con las impresionantes imágenes de los tumores de la cavidad bucal. Me los repetía por la noche, entre besos, en la cama de su casa de campo. Y la clasificación de Angle, que no conseguía memorizar: «En las maloclusiones clase I la cúspide mesio-vestibular del primer molar ocluye en el surco mesial del primer molar inferior».

Aquel día en Scanno descubrí su embarazo ante una persona calificada y ante la vida en general. Con la seguridad de una familia sólida detrás de él, era más inseguro que yo.

Las tazas vacías en la mesita, las cucharillas al lado. Nadie hablaba. Con la palma de la mano abierta, Morelli dio un golpe amortiguado en el apoyabrazos del sillón, como una señal para salir del *impasse*.

—Imagino que también ha venido para preguntarme sobre el seminario —dijo.

—Aprovecharé para dar un paseo por el lago. —Y Piero se levantó de un salto.

Con aquel movimiento su cuerpo se convirtió por un instante en el centro de la habitación, la iluminó. El profesor le ofreció su bicicleta con la misma amabilidad que cuando llegamos por la mañana. Lo vi salir, sin reconocer el alivio que sentía.

El despacho de Morelli olía a papel y madera. Volvió a buscar sus gafas. Solo había una mesa, con una silla detrás y otra delante para un posible invitado. En un estante de la librería se alineaban varios volúmenes sobre la historia de Scanno, la trashumancia, el Tratturo Magno.

—Puede abrirla —dijo el profesor señalando una vieja carpeta que estaba mirando.

Contenía los dibujos a lápiz del padre de Nina, uno de los orfebres más conocidos de Scanno. En los folios Fabriano, él había esbozado los tradicionales *amorini, presentose, circeglie* iguales a los que ella llevaba.

Hablamos de la organización del seminario, le recordé que era la primera vez para mí y no sabía por dónde empezar.

—Puede empezar con *Trabajar cansa* y rastrear las influencias de la literatura estadounidense, pero no se limite a Whitman, que sería obvio. Considere al menos a Steinbeck y Faulkner, y piense también en el cine: Keaton y Chaplin –dijo.

–Espero no decepcionarlo –respondí, un poco atemorizada.

–Ignore el amor infeliz, es algo de primer año. Y una última recomendación: no trabaje en ello todo el mes de agosto. Piense también en divertirse.

Señaló con una mano hacia la ventana, el lago, Piero pedaleando alrededor de la orilla, lo suficientemente lejos de nosotros.

Quizá nadie lo deseaba en realidad, pero habíamos dicho que nos quedaríamos a dormir. Por la noche Nina nos acompañó a la habitación que nos había preparado en el piso superior, con vistas a las dos lunas, la llena en el cielo y la otra, desgranada, en el agua. El resto era la silueta oscura de la montaña.

Cuando salí del baño con el albornoz puesto, Piero seguía allí, mirando hacia afuera. Toda mi rabia se desvaneció al instante. Lo abracé, húmeda, por detrás, y el cinturón de rizo se desató solo.

Soltó mis manos de su pecho, dándose la vuelta furioso.

–Qué buena idea venir hoy aquí –atacó.

–Empezaste tú, no entiendo por qué has sido tan grosero con el profesor. Y no hablemos del pelo.

–Según tú, ¿crees que debería habérmelo comido?

Volví a atarme el cinturón. Podría haberlo tapado y encontrar una mejor excusa para no terminarse los tallarines, le dije. En cambio, se había comportado como en su casa, con su madre, que siempre se lo permitía todo. Nos había puesto a todos en un aprieto.

—Tu profesor solo necesitaba una excusa para hacerme quedar mal. Y tú no has dicho ni una sola palabra a mi favor. —Se dio la vuelta de nuevo—. No me valoras, es evidente —añadió.

—Tal vez eres tú el que se infravalora.

—La verdad —dijo— es que no se entendía de qué lado estabas.

—¿Es una escena de celos?

—¿Yo, celoso de ese fanfarrón? ¿Tu ídolo, el intelectual engreído?

No le contesté. Él también se cerró en el silencio. Aquella noche me quedé despierta, como ahora en esta habitación de hotel. Me veo con Piero en aquella cama con sábanas finas, vueltos de espaldas uno contra el otro. Él tampoco dormía. Casi al amanecer llegó del bosque el grito angustioso de un animal apresado.

Salimos después del desayuno, con un pretexto, renunciando al paseo por el sendero desde el cual el lago parece tener forma de corazón.

—Salude a Davide de mi parte —dijo Morelli a Piero ya en la moto.

12

Poco queda de la noche. La ventana todavía es un rectángulo oscuro, pero filtra el olor de un nuevo día. Puedo levantarme. Mi equilibrio en los primeros momentos de pie es inestable. Ayer en el tren solo comí galletas y por la noche bebí la leche que me subió la camarera rubia. La taza está en la repisa, blanca y vacía, las galletas al lado, en el plato. Muerdo una, el espasmo en los músculos de mis mandíbulas es fuerte, ya se han deshabituado a masticar. La dejo. Se olvida demasiado pronto lo que necesitamos para mantenernos vivos.

Bajo con el ascensor, el conserje oye los pasos y se reincorpora al mostrador. Solo intercambiamos una mirada y una señal de buenos días. El reloj de pared no llega a las cuatro y media. Fuera me acoge la oscuridad iluminada por el neón de las farolas, camino rápidamente por la acera desierta encogiéndome dentro de mi chaqueta. La humedad del mar de otoño se adhiere, está en los pulmones con la respiración. Recuerdo un bar camino del puerto, que nunca cierra. Al principio es solo una luz lejana, voy a su encuentro.

Mi mesa no está limpia, pero ya me he sentado, la atraviesa un rastro pegajoso. El único cliente ronca en medio del local, parece un marinero y debe de haber pasado la noche aquí, desplomado en la plancha de formica. Entra un tipo con un suéter gris, me mira un momento, sorprendido de verme, tan forastera y tan temprano en el bar de los pescadores. Sacude al marinero y se sienta frente a él. El marinero se levanta con los movimientos torpes de quien ha bebido y trata de enderezar el cuello. El otro pide dos carajillos de ron, observándome de reojo.

–¿Te has enterado de la desgracia que ha sucedido? –mascula el borracho.

–Ha pasado lo que tenía que pasar.

Dejo las monedas al camarero y salgo deprisa, llego hasta el muelle. Necesito aire. Es aquí donde Adriana me trajo aquel verano, recuerdo el punto exacto donde se detuvo. No sé quién le había dado la noticia, hacía tiempo que bajaba todos los días a la playa con Vincenzo. Desde mi edificio eran pocos metros, a veces se colgaba a su hijo al pecho con una banda de colores y dejaba el cochecito.

–Tienes que acompañarme al puerto corriendo –dijo un día al regresar a las tres de la tarde.

La veo, clara en la memoria: con el pareo y las chanclas corriendo en diagonal por el muelle hacia los barcos amarrados. Aquí se arrodilló en el suelo de repente, y golpeó y golpeó con el puño esta bita a la que no había ningún cable atado. Miraba el lugar vacío en el agua, las pequeñas y turbias olas lamían sin fuerza el hormigón bajo sus piernas. Yo estaba detrás de ella con el niño en brazos. No recuerdo haberla visto nunca tan desesperada. Lloraba como si fuera cosa suya la desaparición del barco de Rafael.

Siempre lo ha defendido, justificado y tapado con el silencio. Cuántas veces se escapaba Rafael lejos de las deudas y los acreedores la buscaban a ella. Solo hace unos años me confió las amenazas, los acechos, y no sé si me lo dijo todo. La noche que huyó del Borgo, Santino el Bizco le había cortado el pelo con una hoja de acero, la misma que antes le había acariciado el cuello.

Yo también creí en el huérfano de un pescador que luchaba por su propio rescate. Una fábula algo mentirosa. Mi hermana estaba enamorada de un joven de rizos negros que no sabía cómo mantener un barco llamado *Isolina*, como su madre. Estaba enamorada del sueño de Rafael, vivir en el mar sin otro amo que el viento.

El hombre del suéter gris sale del bar y se aleja con esa marcha del segador. De repente lo recuerdo: reconozco a Antonio. Cuánto ha cambiado, pero esa forma de lanzar las piernas sigue igual. Era tan joven, entonces, y ya han pasado quince años. Yo también he cambiado, o solo ha fingido no reconocerme. Habría podido hablarle mientras tomaba café con el borracho. Ahora es tarde, ya ha desaparecido detrás de una esquina.

Aquel día Adriana se secó las lágrimas con el dorso de la mano y se fue directa hacia los ruidos metálicos que se oían allá abajo, donde las mujeres del Borgo montaban sus puestos. La primera que la vio pasó la voz, en un momento dejaron algunas la carretilla, otras los caballetes y la rodearon, con sus delantales de casa. La abrazaban y le tocaban su pelo tan corto, la miraban para dar crédito a su aparición en el muelle del puerto.

–Pero ¿dónde te habías escondido? –preguntó una chica embarazada a la que llamaban Rosita.

También nos vieron a Vincenzo y a mí. Vincenzo se dejó coger en brazos sin miedo, como si los rostros le fueran familiares, como si aquellas manos ya lo hubieran acariciado.

–¿Quién se ha llevado el barco? ¿Es posible que no sepáis nada? –preguntaba Adriana a unas y a otras.

–Espera a que vuelvan los hombres, tal vez hayan oído algo –dijo Rosita. Pasaba el dorso de su dedo índice por la redonda mejilla de Vincenzo, pensando quizá en su bebé.

Creo que mi disgusto eran celos por la confianza entre ellas dos, aquella forma de hablarse, tan libres, tan cercanas. Mi hermana me había sustituido por nuevos afectos.

Entonces una sirena como el graznido de un ganso anunció la entrada del primer barco pesquero en el puerto. En un momento las mujeres se dispersaron en dirección a sus respectivos tenderetes y abrieron las sombrillas, una mojó el asfalto con una manguera y el vapor se elevó en el aire.

–Ven aquí, no podéis quedaros ahí con este sol –dijo Rosita–. Tú también –añadió mirándome a mí, que me había quedado unos pasos atrás.

Entre los incisivos superiores ya tenía, a simple vista, caries profundas. Piero intervendría de inmediato con empastes.

Rosita nos cobijó en su sombra azul y desde allí seguimos las maniobras del barco que entraba en la desembocadura con una estela de mar.

Adriana se acercó al *Limaflò*. Con silbidos y gestos pidió a los pescadores que le lanzaran el cable, y lo amarró ella misma a una bita. Como el más rudo de los navegantes, anudaba la cuerda a tirones, sin escatimar esfuerzos. De ahí los callos y las grietas en las palmas de sus manos.

–Apártate, con esas manitas de profesora –me dice cuando hay que ensuciarse o levantar pesos.

A bordo se movían algunos hombres con botas amarillas hasta el pecho. Adriana se dirigió al marido de Rosita, el barco era suyo. Él, Antonio.

–¡Tengo que hablar contigo ahora que terminas! –le gritó desde el muelle y él respondió que sí con la cabeza.

Entonces se puso a descargar las cajas con tanto ímpetu que una gran merluza voló y cayó al suelo. Un marinero se las pasaba y ella las colocaba en el tenderete, mientras que al otro lado ya se acercaba alguien para elegir los pescados ordenados por especies, alineados en el poliestireno como soldados muertos.

Rosita los pesaba y los metía en las bolsas, cogía los billetes de los clientes con los dedos húmedos. Luego la ayudó también Adriana, junto a ellas los hombres cargaban la furgoneta del mayorista.

–No hace falta que las lave, el agua del grifo las estropea –dijo mi hermana a una señora mientras le envolvía unas pequeñas sepias.

Suspendió una en el aire, la balanceó un momento sujetándola por la aleta y se la comió entera. Masticaba segura, un tentáculo le colgaba crudo de los labios. Me di la vuelta por el asco que sentí, y cuando la miré de nuevo, había abierto una ostra y se la ofrecía a la lengua curiosa de Vincenzo. No estuve a tiempo de moverlo, entre mis brazos el niño lamió el sabor viscoso y salado del mar.

Antonio entró en la sombra, había terminado de cargar la furgoneta. Pasó un momento la palma de la mano sobre el vientre henchido de Rosita, con una caricia áspera. Mi hermana le dijo algo en voz baja y se alejaron por el muelle hablando a contra sol, hasta esta bita.

–Estos cobardes han cometido la tropelía precisamente ahora que Rafael no está. –Oí que decía Adriana antes de perder sus voces.

Regresaron pronto, de hecho no había nada que ver, solo el lugar vacío del barco.

–Lo devolverán si recuperan el dinero. Estamos intentando recolectar algo entre los pescadores, pero será una miseria –susurró Antonio, extendiendo los brazos con impotencia–. Adria', sabes que en el Borgo todos somos una familia –respondió a los agradecimientos.

El sofoco del día se atenuaba, las mujeres apilaban las cajas vacías, desmontaban los puestos con la ayuda de sus hermanos y maridos cansados del mar. Fuera, fuera, gritaba un muchacho ahuyentando a las gaviotas que se habían posado en busca de sobras.

No estaba tan lejos de mi casa, pero todo era distinto, un mundo aparte. Allí había dejado abierto un pequeño libro con los poemas que amaba, un seminario que debía preparar, un orden establecido; aquí, donde Adriana me había traído, la vida parecía más real, escandalosa y palpitante. Me atraía y asustaba al mismo tiempo.

Adriana volvió a coger al niño en brazos, Rosita me dio la bolsa que nos había preparado. Había atado las asas, dentro se agitaba algo vivo.

La barriga de seis o siete meses impresionaba un poco, en aquel cuerpo todavía adolescente. Le pregunté cuántos años tenía.

–Casi diecinueve –respondió convencida de que no eran tan pocos.

Como mi madre en su primer embarazo. La imaginé igual que a Rosita, todavía delgada pero ya marcada por la fatiga, y todos aquellos hijos delante. Quería sacudir a la joven, decirle que se detuviera en aquella deriva. Vi por un momento su futuro: una mujer agotada con demasiados niños alrededor. Quería gritarle mi pena por ella y una rabia equivocada. En cambio, escribí el número del despacho de Piero en un trozo de papel, mi marido podía arreglarle los dientes, le dije.

–¿Ahora te vas? ¿No pasas a saludarla? –preguntó Antonio mirando a Adriana directamente a la cara.

Estaba muy claro de quién hablaba. Adriana se volvió un momento hacia mí, indecisa.

–Os acompaño. Con lo que está sucediendo no podéis ir dos mujeres y un niño –dijo Antonio.

Luego se puso en camino, seguro de que lo seguían. Todavía llevaba la camiseta y los pantalones del mar, que desprendían un olor salino y de pescado. Solo se había quitado las botas amarillas.

La primera vez entramos por la parte trasera de la casa, pero la reconocí por el verde del enlucido. El ajo refrito invadía irrefrenablemente la calle. Solo una de las dos puertas estaba cerrada y junto a la otra estaba Isolina sentada en una silla de plástico. Miraba la calle con sus pequeños ojos azules, los labios contraídos. El cabello parecía reseco por una permanente demasiado fuerte y un tinte descolorido. En las raíces dos centímetros de pelo blanco medían el tiempo transcurrido desde el último arreglo.

No nos vio de inmediato, Antonio se acercó primero.

–Mira a quién te he traído, Isoli' –dijo en voz baja. De golpe se apartó de sus pensamientos y levantó la cabeza con un movimiento animado. Vincenzo la reconoció y voló a sus brazos. Lo besó largamente, bañándolo de alegría. Solo después pensó en nosotros, se tranquilizó con una mirada sobre la salud de Adriana. Un buenas tardes cordial para mí, que era la más ajena. El olor a ajo se iba volviendo amargo, como de sartén olvidada en el fuego. Desde una ventana de enfrente llegó una voz:

–Isoli', ¿qué se te quema?

Adriana corrió a apagar el fuego y todos entramos detrás de ella. Nos sentamos alrededor de la mesa, en medio del humo acre que se disolvía lentamente. La habitación era igual y simétrica a la que había visto con mi hermana al otro lado, cuando fuimos a recoger sus cosas. En las paredes imágenes sagradas, en el borde de san Andrés colgaba una rama de olivo reseca y polvorienta, con la bendición evaporada.

DONATELLA DI PIETRANTONIO

–Adria' en la nevera hay algunos *gingerini*, y coge también los *crackers* –dijo Isolina–. Esta cabeza mía con tantos problemas se vuelve loca –añadió intentando expulsar el olor a quemado con su mano libre de Vincenzo.

Antonio vació un botellín y se comió dos obleas antes de salir. Empujó con el pie un pedazo de zócalo que se había desprendido de la pared. Esperaría fuera para escoltarnos de nuevo lejos de allí.

Isolina mimaba al nieto que tenía sentado frente a ella. Lo miraba intensamente, seguro que leía en su rostro los rasgos del padre.

–Pobre hijo mío, la mala suerte lo persigue. Que revienten aquellos criminales –murmuró en un determinado momento.

Sin nombrarlo nunca, ella, mi hermana y Antonio hablaban de un usurero con su séquito de matones.

Ninguna de nosotras hablaba, ni siquiera la abuela escuchaba ya las vocalizaciones de Vincenzo. Cuando Adriana se levantó, Isolina la cogió del brazo.

–Ahora que regresa, Rafael traerá un buen manojo de dinero. Recuperaremos el barco. Luego podéis volver aquí. –Y señaló la otra mitad de la casa con la cabeza.

Después se dirigió a mí, más ceremoniosa:

–Por el momento gracias. Dentro de poco podrán volver aquí –repitió.

Antonio debió de oírla desde la puerta.

–Con lo que trae de África, Rafael no empieza a pagar ni los intereses. Isolina no se da cuenta –nos dijo fuera.

Isolina murió hace tres o cuatro años, a tiempo de ahorrarse algunas penas. Hasta el último día invirtió su pensión en un intento de saldar las deudas de su hijo. Si aún estuviera, alargaría mi caminata hasta la casa verde, a pocos minutos de aquí. Se despertaba tan temprano, podría llamar a la puerta y beber su café.

13

Aquella tarde nos fuimos en silencio, oprimidas por el peso de las palabras de Antonio. En el paseo marítimo nos precedía un coche descapotable conducido por una rubia con un fular de seda blanca al cuello. Cuando aceleraba, las puntas ondeaban iridiscentes en el aire: parecía estar dentro de una película, con sus brazos delgados y el cabello al viento. El capricho de la memoria me devuelve un detalle tan insignificante en esta mañana todavía oscura.

—Pero es amable, vuestro amigo —dije volviéndome hacia Adriana.

Miraba fuera, la playa desierta al atardecer y el azul del agua oscureciéndose. No había visto a la rubia que llevábamos delante y, de todos modos, no le habría importado nada de ella.

—En el Borgo no existe la amabilidad, Antonio es un hermano —respondió cuando ya no me lo esperaba.

Rafael y él crecieron juntos. Juntos en la escuela y en los juegos callejeros, luego escaparon al mar tras una dificultosa enseñanza media. Dormían uno al lado del otro en el barco embestido accidentalmente por un buque turco, una noche sin luna en el mar de Ortona. Fue Rafael quien sacó al compañero exánime y lo entregó a las manos tendidas de los socorristas. Algo de la sangre que teñía la espalda de Antonio se le quedó en los brazos mezclada con la de sus heridas, que eran más ligeras.

Esto me lo contó Adriana a lo largo de la costa, también me habló de Minuccio, que ejercía de padre de Rafael, huérfano del suyo.

El apartamento de la calle Zara ya estaba oscuro, los días se acortaban. Vincenzo se quejaba, hambriento y cansado. A las últimas cucharadas de manzana rallada la cabeza le colgaba vencida por el sueño.

Entonces Adriana cogió unas tijeras de la cocina, las abrió y cerró varias veces para probar su corte. Dentro de la bolsa que me había dado Rosita ya no se movía nada. Mi hermana, que a los diez años no había visto un pescado, los limpió con habilidad y una gracia salvaje en sus gestos. Cortó la piel del lenguado en un punto exacto y la arrancó de un tirón furioso. Una salpicadura le alcanzó la mejilla mientras cortaba una sepia, se escurrió como una lágrima negra.

Cocinó con los ingredientes más simples: aceite, ajo y perejil. Iba añadiendo los pescados en la sartén según los tiempos de cocción. El barco también parecía haber desaparecido de sus pensamientos. Adriana siempre ha sido así, cambia de humor con ligereza de un minuto a otro.

–Pon la mesa allí –me dijo, sabía que Piero prefería comer en el comedor.

Pero no llegaba, en el despacho no respondía nadie a esa hora y en el club de tenis no lo habían visto. Adriana apagó el fuego, caminaba de un lado a otro con los brazos cruzados y la paciencia agotada desde hacía rato. A las diez volvió a encenderlo y luego nos sentamos de frente. Devoró su ración, de las anchoas incluso las espinas. Yo perdía el tiempo con el tenedor sin comenzar, preocupada por Piero.

–Come, que no le ha pasado nada –dijo Adriana con la boca llena.

Esperó a tragar y se aclaró la voz:

–Pero esta vez, cuando vuelva, pregúntale en qué anda metido. Ya no te calles.

Le respondí que sí con la cabeza, tenía razón. Se hacía urgente encararme a Piero. Algo me ardía en el centro del pecho, un punto inflamado que se expandía en círculo. Mi lengua apreciaba por su cuenta la cena que Adriana había preparado.

–¿Quién te ha enseñado a cocinar así? –le pregunté mientras terminaba.

–Isolina.

Una escama de pescado le brillaba en medio de la frente, como un tercer ojo.

Más tarde se fue a dormir y yo también me retiré a la habitación. Cogí el ensayo de Lorenzo Mondo sobre Pavese, con el lápiz entre las páginas, pero ya sabía que no podría concentrarme. Empezaba siempre por el mismo punto, finalmente desistí. Como cada noche de aquel agosto, leí en cambio dos o tres poemas del delgado libro blanco. Eran mis oraciones: «Tus ojos | serán una palabra inútil, | un grito callado, un silencio».

Apagué la luz y me quedé despierta esperando a Piero. Fuera se estaba levantando viento. A mi lado los minutos transcurrían fosforescentes sobre un cuadrante, lentísimas las horas.

No tenía motivos para pensar que le hubiera pasado algo, no había escalado una pared de sexto grado, no viajaba en coche. Extendí la mano hacia su lado de la cama: estaba vacía por elección. Podría decir la hora exacta que marcaba el reloj cuando lo imaginé por primera vez con una mujer distinta de mí.

Llegó a las cinco y diez. Mis sentidos en alerta captaron todos sus intentos de no hacer ruido: cerró lentamente la puerta de entrada, usó el baño de servicio, que está más lejos, luego vino descalzo a la habitación. Vislumbraba su silueta buscando el camino en la oscuridad imperfecta, palpando los muebles para no chocar con ellos. Su olor llevaba un atisbo de humo, de alcohol no totalmente cubierto por el dentífrico. Quería encenderle la luz, pero algo en sus movimientos me detuvo, como una carga dolorosa en la espalda.

–¿Dónde has estado? –le pregunté.

Se detuvo sobresaltado a los pies de la cama, luego retrocedió y se encontró con la pared. Apoyó en ella las manos. En el primer indicio del día no lograba leer su expresión. Se quedó allí, como un ladrón sorprendido. Realmente me estaba robando un pedazo de vida.

–Cenando con el grupo de tenis. No lo recordaba, me llamó Davide en el último momento –dijo.

Me había incorporado para sentarme, todos mis músculos contraídos.

–¿Por qué no me has avisado? Adriana ha cocinado el pescado para nosotros.

Aludió como pretexto el teléfono estropeado del restaurante, pero se dio cuenta por sí solo de su inconsistencia. Se quedó en silencio a media frase, movió un brazo en el aire y le cayó sobre la pierna.

–Disculpa, no quería tenerte despierta. –Y se sentó en la cama, en la esquina más cercana a mí. Me apretó un pie por encima de la sábana y la tensión de la pierna se disolvió por reflejo.

–Ha sucedido otras veces, bastaría con avisarme. ¿No piensas en que te estoy esperando?

No respondió, de su boca salió solo algo confuso.

–¿Dónde habéis cenado? –le pregunté cuando la incomodidad se hizo insoportable.

–En la Osteria del Leone –dijo.

Era nuestro restaurante favorito, en los Colli. Encargábamos una deliciosa variedad de entrantes, distintos según las estaciones. Piero reservaba con tiempo una salita apartada con una sola mesa para dos. En el centro, la vela y las flores frescas, desde la ventana las luces de la ciudad rodando hacia el mar y el puerto, hasta aquí donde estoy ahora. Él elegía el vino, un Valentini blanco con ocasión de nuestros cumpleaños. El mismo día le gustaba que brindásemos nosotros solos en la Osteria, con un pequeño pastel, luego el domingo era obligatorio el almuerzo de la fiesta con sus padres.

En un amanecer que tardaba en aclararse, el recuerdo de nuestras cenas en los Colli ya tenía el regusto de las cosas perdidas.

–No hemos vuelto a ir –dije.

Quizá esperaba una promesa, que reservaría la sala para el próximo sábado o para la semana siguiente como máximo. Piero estaba allí, silencioso, inclinado sobre sí mismo. El colchón me transmitía la leve vibración de su respiración, de la sangre que circulaba por su cuerpo. De pronto, se llevó la mano a la frente y comenzó a llorar, sacudiendo la cabeza con sollozos casi mudos. Inmóvil por el asombro, vi caer sus lágrimas.

Poco después salió de la habitación como si le faltara aire. Mientras esperaba, preparé la pregunta, pero no regresó del baño, oí sus zapatos en el pasillo y luego el ruido de la cerradura, la puerta de entrada cerrada de nuevo. No había sabido retenerlo.

Lo seguí desde la terraza, quedábamos atrás el edificio, la calle, la acera del paseo vespertino y yo. Fuera ya clareaba. Caminaba por la playa en dirección al agua, a las nubes que se espesaban en la línea del horizonte. Por un momento temí que continuara entre las olas, en la espuma amarillenta de arena. Se detuvo en la orilla, con los ojos en la orilla invisible del otro lado.

Miraba a Piero y la soledad de sus pasos. No lograba encontrar un inicio para lo que nos estaba sucediendo. Había borrado todas las señales, desatendido una serie de suaves rechazos, educadas intolerancias. Las noches en la cama, de cara a su espalda, había creído en todos sus cansancios.

Lo llamé fuerte en la quietud gris de la mañana, tan temprano. No podía oírme, pero se abrió una ventana en el quinto piso, una voz protestó desde el tercero. Algunos vecinos me miraban desde arriba, no sabían nada de nosotros.

Volví a entrar, temblando bajo mi pijama de verano. En la casa que sus padres habían comprado para los recién casados que habíamos sido, los muebles, los cuadros, platos y copas se separaban antes que nosotros: los que los familiares le habían regalado a Piero, los míos. Los objetos estaban decididos, a nosotros nos llevaría mucho más tiempo dividir una vida de la otra.

En aquellos momentos no estaba preparada para existir en un futuro distinto del suyo. Nunca lo he estado del todo, ni siquiera después, ni hoy. Todavía incrédula, tolero la distancia que he querido. Me he mantenido fiel a un hombre que no podía amarme. Este es mi secreto, mi devoción.

Daba vueltas por las habitaciones y el pasillo sin poder detenerme. En algunos momentos pensaba que no volvería a verlo, en otros, mi marido llorando en el borde de la cama me parecía solo una pesadilla en el sueño de antes del amanecer.

No regresaba. Desde la ventana, la playa con las sombrillas cerradas y el trozo de un tronco arrastrado por las olas. En su habitación, Adriana y Vincenzo dormían, los miré, sosteniéndome en la manija de la puerta que apenas entreabrí. Él, feliz en la cuna, el aire le pasaba entre los labios abiertos con un leve silbido. Ella, con la cabeza hundida en la almohada y el tirante de la camiseta caído sobre el brazo. La tentación de despertarla fue breve, angustiosa. Adriana no necesitaba otro peso, ya llevaba el suyo.

El punto doloroso que se había originado en mi pecho la noche anterior palpitaba hasta las uñas, hasta las raíces del cabello. Recordé un domingo de verano, el de mis catorce años. Habíamos ido a pie al río con Vittorio y otros chicos del pueblo, jugábamos a saltar sobre las piedras. Me torcí un tobillo y en el camino de regreso cojeaba, gritando de vez en cuando. Adriana me ofreció su hombro y una pequeña piedra.

—Apriétala así, lo notarás menos. Es mágica.

La había recogido del agua y estaba convencida de que las motas brillantes de la matriz gris eran de oro.

—Uno de estos días volvemos solas a buscar oro en el Tavo, en nada nos hacemos ricas —decía sosteniéndome.

Me reía de su confianza loca, olvidaba las punzadas en el maléolo. Guardé la piedra como amuleto de la suerte, pero en la casa de la calle Zara ya no la encontré.

Piero regresó alrededor de las ocho y nos sentamos juntos a la mesa de la cocina. Aún era temprano, pero demasiado tarde para nosotros dos. Bajo sus ojos hinchados quedaban las huellas blancas de las lágrimas o tal vez eran salpicaduras saladas del mar. No teníamos hambre, él solo bebió café y yo ni eso. Nos mirábamos de pasada, con la inseguridad de los supervivientes de una tempestad. No sabíamos qué viento vendría.

—¿Qué nos está pasando? —pregunté.

Tomó mi mano y pasó lentamente su pulgar por cada dedo, luego otra vez.

—Estoy muy confundido. Dame un mes para comprender —dijo.

14

Mi madre se metió en la cama un domingo a finales de aquel verano. Por la mañana había desgranado judías frescas y había amasado agua y harina para los *taiaticci* sin que nada hiciera presagiar lo que iba a suceder. A las doce, un poco antes de lo habitual, llenó el plato de mi padre con el cucharón y le dijo que no se sentía bien. Se retiró a su habitación y se quedó allí, solo iba al baño, apoyándose en las paredes y las puertas. Dejó de comer, aunque de vez en cuando bebía zumo de melocotón frío de la nevera, que le llevaba mi padre. Me llamó él después de tres días así. A veces todavía repite que su esposa le cocinó su pasta favorita con sus últimas fuerzas.

Con muchas reticencias me confesó que desde hacía meses «perdía sangre por ahí abajo». La convencí de que ingresara en el hospital. El ginecólogo era amable, pero ella salió de sus manos con la cabeza baja, como si la hubieran violado. En cincuenta y seis años solo su marido y la matrona del pueblo habían frecuentado sus partes íntimas. En las horas previas a la operación parecía contenta, quizá todos esos médicos y las enfermeras que la rodeaban le daban la inesperada sensación de su importancia, al menos allí.

El jefe del departamento le extirpó la matriz y los ovarios, el aparato del que habían nacido seis hijos.

–No se haga ilusiones, ya está más allá –me dijo mientras la llevaban a la habitación todavía adormecida.

Recuerdo exactamente el olor de la primera taza de caldo que le acerqué a los labios después de la operación. Y la mirada un poco asustada de niña envejecida inclinándose a beber. Despertaba en mí un nudo inextricable de ternura y repulsión. No estaba familiarizada con su cuerpo, cuando le descubrían las nalgas para las inyecciones quería salir y las enfermeras me retenían: «Puede quedarse, usted es su hija». Su desnudez, incluso parcial, me perturbaba. Apartaba la mirada de aquellos pelos en las piernas. Pero era mi madre. Era ella mi madre. Me había dado a otra mujer para que me criara y, sin embargo, yo seguía siendo su hija. Lo seré siempre.

Las huellas de Adalgisa se habían desvanecido lentamente en mi corazón. Me regaló el vestido de novia, me llamaba cada cumpleaños. Pero rara vez pensaba en ella.

Mi madre me ocupaba por dentro, real y feroz. Seguía siendo una gran desconocida para mí, nunca penetré en el misterio de su afecto oculto. Saldaré cuentas con ella en mi última hora.

Los asistentes de la mañana encendían la luz a las seis y comenzaban a limpiar la habitación. Me levantaba de la silla plegable en la que pasaba las noches y la guardaba en el baño. Peinaba a mi madre. Quizá buscaba una señal de gratitud o al menos de atención. Las señales eran contradictorias y, por tanto, indescifrables: para ella mi presencia se daba por descontada, era un deber, pero a veces indicaba el espacio vacío sobre la manta verde y decía: descansa.

Mi padre venía por la tarde, yo le cedía el sitio y él se quedaba allí quieto, algo incómodo. Le preguntaba cómo se sentía y ella respondía así, así. Luego no sabían hablarse, él miraba con cierto temor la figura familiar allí acostada –nunca a la cara– y las gotas que bajaban lentamente del gotero intravenoso.

–A la de abajo le han explotado las botellas de tomate –le dijo tras un largo silencio.

Pero le había traído unos higos en una servilleta.

Adriana, en cambio, no venía. Hacía tiempo que no la veía. Una tarde preparó dos grandes bolsas y al final cogió el retrato de nuestro hermano, dejando un vacío blanco en la pared.

–Estás siempre conmigo y Vincenzo. Ahora piensa en tu marido antes de que alguna te lo pille –dijo con el niño en brazos.

Era el domingo que nuestra madre se postró en la cama, pero todavía no lo sabíamos. Mi hermana esquivó lo que se avecinaba.

Piero y yo nos veíamos más en el hospital que en casa. Él hablaba con los médicos que conocía y tranquilizaba a mi madre. Sentirlo cerca me distraía de lo que estábamos viviendo. Tal vez creímos en algún momento que podríamos reparar la fractura y salir de ella más fuertes y valiosos, como las cerámicas japonesas restauradas con oro.

Se llevó a mi padre al despacho y lo rejuveneció con una prótesis removible. Por la noche mi madre, incrédula, se puso a golpear los incisivos de resina con la uña. Yo estaba casi siempre con ella, tan débil. Mi marido tuvo toda la libertad para reflexionar sobre su confusión. El tiempo de la enfermedad y el mes que había pedido coincidieron.

Una mañana volví a la calle Zara para lavarme. Abrí el vestidor, en el lado de Piero había espacios vacíos entre los pantalones y las camisas. No vi sus sandalias en el zapatero y el equipo de tenis también había desaparecido. La cabeza me daba vueltas y me derrumbé en la cama donde nadie había dormido. La manta blanca estaba tensa y lisa. Los estaba perdiendo a todos: a Piero, a mi madre, a Adriana. Había algo en mí que llamaba a los abandonos.

No sé cuánto tiempo permanecí así, inerte. Lo esperé por la tarde en el pasillo de Ginecología. Las mujeres caminaban lentamente en bata, apoyadas por sus maridos en sus embarazos de riesgo.

—No duermes en casa, te llevas tus cosas. ¿Te estás marchando? —le pregunté en cuanto entró por la puerta de cristal.

—He estado en Foggia, como cada miércoles. Me quedo en el hotel, ya lo sabes. Y he llevado algunas cosas a la tintorería, por cambio de temporada —dijo tranquilo.

Piero seguía protegiéndome con medias verdades, pero no durarían demasiado. Estaba atrapado por una felicidad secreta. Esperaba que mi madre muriera, le reproché más tarde.

Los médicos no se explicaban el estado de postración que se produjo una semana después de la intervención. Sin embargo, el curso era regular y los exámenes normales. La vivacidad de los primeros días se convirtió en apatía. Incluso acostada, mi madre ya no soportaba el esfuerzo de vivir. Estampó una firma trepadora en una hoja impresa y salió del hospital contra la opinión de los médicos.

En el camino de regreso, de repente sentía curiosidad por lo que ocurría fuera de la ventana y luego cerraba los ojos durante un rato.

—Antes no circulaban todos estos coches —dijo sobre el tráfico, sacudiendo la cabeza.

Desde la profundidad de un aparente sueño pidió que nos detuviéramos en el cementerio, había olido su aire.

–Espérame aquí, vuelvo enseguida. –Y bajó a la grava, cuyas piedras se sabía de memoria. La seguí a unos metros de distancia. La tumba del hijo estaba a su altura, en el muro habitado por los muertos. No se preocupó por las flores marchitas en aquellas semanas, sabía que tenía poco tiempo. Pasó los dedos por la fotografía de Vincenzo y los besó, con la otra mano se aguantaba en la losa de piedra que los separaba. Se quedó así, en un diálogo mudo. No era una despedida, estaba fijando una cita en breve.

Se desplomó en el asiento del coche y en casa tuve que sostenerla en las escaleras. Mi padre se equivoca, gastó sus últimas fuerzas en el cementerio.

Me pidió que cambiara las sábanas por las sábanas de novia que había usado una sola noche tantos años antes. Esperó, sufriendo en una silla, a que las encontrara en el fondo del armario. Más tarde entendí que las había guardado aparte a propósito, el pensamiento de la muerte había pasado quién sabe cómo por su joven cabeza. Volvió a la cama aliviada. En el embozo bordado con ramilletes de flores sus manos eran huesos, las venas oscuras en relieve bajo la piel transparente.

Una a una las vecinas subían con las bolsas para las visitas a los enfermos. En pocos días los armarios de la cocina se llenaron de paquetes de azúcar, café envasado al vacío y tostadas.

–Coge algo –decía mi madre, y yo cargaba la cafetera para cada una de ellas y servía las tazas humeantes en la habitación mientras charlaban a la luz de la tarde. Con las que llegaban tarde y alguna que volvía por segunda vez ni siquiera se incorporaba para recostarse en la almohada, apenas giraba la cabeza.

–Me siento débil –se justificaba, y las visitas hablaban entre ellas mientras comían lo que habían traído las demás.

Se negó a volver al hospital para la visita de control y ni siquiera podía mencionarle las terapias prescritas.

–Si ha llegado la hora triste, tiene que matarme la enfermedad, no los doctores –le dijo al médico de familia que intentaba convencerla.

Se fue sumiendo lentamente en la indiferencia terminal. Todavía no sé exactamente de qué murió mi madre. De cáncer, pero de muchas más cosas. Una suma de ceros. Cero el valor que concedía al seguir viva, cero su utilidad. Los hijos estaban –estábamos– distantes, en caso de necesidad nunca le pedíamos ayuda, consejo, una mirada. Conocíamos su avaricia desde siempre.

Mi madre se dedicó por completo a Vincenzo, abajo en el camposanto. Una especie de anestesia la protegió de nosotros, los supervivientes. Dejó escapar a Adriana, como puede perderse una moneda o las llaves de casa. Como me había perdido a mí a los seis meses. Reservó sus cuidados para el único que ya no los necesitaba. Cuántas veces he sentido celos de un muerto. El recuerdo es una forma de recriminación. Es el perdón que no encuentro.

En el último período debió de pasar revista a los hijos dispersos. Un llamamiento silencioso. Adriana insensata e inencontrable. Sergio en el desierto extrayendo petróleo, Domenico trasplantado al campo. El pequeño, encerrado para pagar un retraso que nunca recuperaría. Yo me ocupaba de ella y de mi padre una vez a la semana, pero era demasiado diferente, la más lejana de todas.

No es fácil morir con un corazón tan fuerte y unos pulmones tan robustos. Debajo de la sábana nupcial su cuerpo era un manojo de dolores que no conseguía abandonar. Piero vino con un especialista amigo suyo que trajo fármacos para sedarla.

Yo leía cuando mi madre se dormía. En el garaje encontré algunos libros de cuando era adolescente. Abrí uno por curiosidad, por la nostalgia de Jo March, que deformaba los bolsillos de sus vestidos con las manos y silbaba como un muchachote. Sin darme cuenta, llegué al final.

Estaba siempre en la habitación de matrimonio, mi padre dormía al otro lado, en una de nuestras camas. Se ocupaba de la compra, orgulloso de poder pagar enseguida desde que se jubiló. Cocinaba la pasta con salsa y me llamaba en cuanto estaba lista. Salía del olor que impregnaba la habitación y durante un rato no podía comer.

Un día él ya había terminado y yo seguía mirando mi plato intacto.

–¿No ves que se te están enfriando? –estalló.

–Eso es asunto mío.

–Tu madre no puede esperar ahí dentro que vayas cuando a ti te convenga –dijo.

Lo miré: a ese hombre obtuso, egoísta, a quien todo le era debido. Mi plato voló con los espaguetis, pasó junto a él para ir a estrellarse contra la pared y luego contra el suelo. Él recogería los pedazos más tarde.

–¡Ve tú, entonces. O llama a tus hijos, que aquí no aparece nadie! –grité.

–¡Esto son cosas de mujeres, si no, no estaría aquí dando las gracias a una víbora! –gritó él también, un poco sorprendido de mi gesto.

–Yo, de tu boca, nunca he escuchado un agradecimiento.

Veía sus nudillos blanqueados por el esfuerzo de apretar el respaldo de la silla. Años atrás habría utilizado aquellas manos. Pero mi desahogo no había hecho más que empezar.

–Estoy harta de pensar en todos. Piero no vuelve a casa por la noche, ni siquiera sé cómo acabará mi matrimonio, y a vosotros qué os importa, no os importa nada de nadie.

–Cállate –dijo en voz baja, rechinando los dientes–. Tu madre se está muriendo.

Volví de allí rota en sollozos. Las verdades que estaba manteniendo a raya se me habían escapado todas juntas en el momento equivocado. Mi madre se había ensuciado. Ahora la lavaba en la cama, usando los traveseros como había visto en el hospital. Dormía con un sueño medicado cuando los dolores le daban tregua. A veces abría los ojos con un asombro infantil, parecía estar asistiendo al amanecer del mundo. Me miraba como si buscara explicaciones. No sé si me reconocía. También mi lucidez era inconstante. Esperaba algo de ella, una revelación final. Imaginaba las palabras que podía pronunciar. Esperaba escuchar que me había querido, pero no sucedió. Sin embargo, no quería a nadie más cerca de ella y aquella era quizá una manera de decírmelo. Se molestaba si alguien entraba en la habitación. Su muerte nos absorbía totalmente. Nunca habíamos estado tan juntas.

Fuera de allí, mi padre llamaba a Domenico en la granja y Piero intentaba ponerse en contacto con Sergio en Libia. También buscó mucho más cerca, en Borgo Sud, preguntando por Adriana casa por casa.

Mi madre murió de noche. La dolorosa hambre de aire de las últimas horas cesó de golpe, ya no lo necesitaba. Apagué la luz y durante un rato me quedé sola para velarla. Sobrevivía la profunda duda de no haber sido digna de su amor. Y, más en la superficie, una rabia indomable. Más tarde llamé a mi padre.

Vino mucha gente a despedirla, del pueblo y del campo, fuera de casa era más querida de lo que imaginaba. La dueña de la tienda donde le compré el vestido quiso añadir un broche como regalo, mientras que Ernesto el bodeguero trajo dos bandejas de *fiadoni* y vino cocido. Limpié la mancha de salsa en la pared de la cocina de los espaguetis que habían volado, solo quedaba un rastro de grasa. Mi padre recibió las condolencias de pie, e iba repitiendo a todos: «Ahora ya no sufre», señalando el rostro de mi madre acostado en la aparente serenidad de la muerte.

El profesor Morelli llegó por la tarde con mi colega Michela. Pidieron información en la plaza y el habitual grupito apostado frente al bar los acompañó hasta casa. Me emocioné cuando entraron y él me abrazó durante mucho rato. Aún veo los cuadros de su americana distorsionados por las lágrimas.

El más silencioso era Giuseppe, sentado en una silla aparte, confundido por toda aquella gente. Una tarde había ido a verlo al instituto para prepararlo. Hablábamos en un banco al fondo del jardín.

–Nuestra madre no está bien –le dije.

–Lo sé. Esta noche he soñado con ella.

Fue a buscar algo a su habitación para enseñár-
melo: un dibujo de las manos de nuestra madre, tal
y como eran ahora. Una de las uñas estaba ennegrecida
como si la hubieran aplastado, o quizá ya fuera una
señal de luto. Los dedos estaban entrelazados en la posición exacta que tienen sobre el pecho de los muertos.

Sergio regresó de Libia a tiempo para despedirse
antes de que cerraran el ataúd. No quise mirar aquel
momento de la oscuridad que descendía sobre ella con
la tapa. Solo faltaba Adriana.

15

Con pocos pasos atravieso el aparcamiento junto al río y la muerte de mi madre. Algunos coches avanzan a toda velocidad por la costa, las luces apuntando al asfalto. La furgoneta se encuentra en su lugar habitual, en un entrante de la acera. La humedad de la noche cubre los cristales, algunas hojas secas descansan en el limpiaparabrisas. Repintada parece nueva, las letras rojas de un pincel atento a no salirse de los bordes destacan en el azul, SAPORE DI MARE, reza la inscripción, y al lado, más pequeño sobre una ola espumosa: BY ADRIANA. Limpio la ventanilla empañada y miro dentro. Tiró la sudadera en el asiento del pasajero, con una manga del revés colgando hasta el suelo. Siempre tiene calor, incluso en invierno se queda en manga corta cuando fríe pescado. Pero ahora duerme.

Se le ocurrió este trabajo hace cuatro o cinco años. Encontró la furgoneta en un desguace de la Tiburtina. Yo estaba aquí de vacaciones y quiso que fuera a verla con ella antes de decidir.

—Está un poco machacada —dije perpleja, dando una vuelta a su alrededor.

–No es un cacharro, ahora que me la arreglarán y repintarán quedará como una joyita.

Volví unos días después con la intención de pagársela. Llegaba tarde, un amigo ya se había encargado de ello, dijo el desguazador. Le costó un poco recordar el nombre de Vittorio. Adriana y su compañero de banco no se habían perdido de vista por completo. Desde hacía un tiempo él también vivía en Pescara, proyectando parques eólicos en los Abruzos y Pulla. Sabía que se veían de vez en cuando.

Por un momento huelo a calamares fritos, pero será solo una broma de la memoria. En julio pasado vine aquí tan pronto bajé del tren. No dije nada, me puse en la cola de los clientes. Vienen también de Montesilvano y Francavilla, Adriana se siente orgullosa. Los pescadores del Borgo le traen las *scafette* en cuanto desembarcan, ese es el secreto: del agua salada al aceite hirviendo, dice Adriana enharinando camarones y boquerones.

Echa a Vincenzo cuando se acerca por la tarde para ayudarla.

–Tú piensa en estudiar, no en venir aquí a apestarte.

Mi madre preguntó por ella antes de morir.

–Está subiendo –mentí.

–Hazle quitar la maldición –dijo, tomando aliento entre las sílabas.

Después ya no habló más. En las últimas horas le sostuve la mano para acompañarla a la frontera. Me la apretó un momento, pero quizá solo fue un reflejo.

No entendí lo que quería decir. ¿Debía encontrar a alguien que liberase a Adriana? La bruja que vivía en el campo hacía años que había desaparecido y de todos modos no habría ido allí. Hoy me digo que me equivoqué al desatender la voluntad de una moribunda.

Nuestra madre ya estaba junto a su hijo cuando Adriana entró en el cementerio. La anunció un murmullo de desaprobación, y Piero tocándome el brazo. Durante el velatorio la pregunta circulaba de boca en boca: «¿Dónde está la otra?».

El grupo de aldeanos se abrió para dejarla pasar, se acercó a mí junto a una ráfaga de viento, mientras el obrero municipal tapiaba el nicho. Estaba absorbida por su trabajo, por los rápidos movimientos de sus manos callosas, por el raspado de la paleta que remataba el cemento. Imaginaba en el interior de la tumba la luz del día estrechándose minuto a minuto. Se apagó cuando el ladrillo cerró la única esquina que quedaba libre.

A mi hermana le había crecido el pelo y llevaba al niño de la mano. Con la otra buscó la mía y yo se la apreté tan fuerte como pude. Se le cayeron las gafas de sol, mostrándose toda hinchada y enrojecida por el llanto. También le goteaba la nariz y no encontraba pañuelos en los bolsillos del pantalón. Le di uno, pero solo para acallar los chismorreos. Las comadres fingían leer las fechas y los nombres grabados en las lápidas, pero no nos perdían de vista.

Cogí en brazos al pequeño Vincenzo, tan cerca del otro. Me sonrió, pesaba más que la última vez. Fue un momento de alegría. Miraba ajeno la tumba aún tierna de su abuela que apenas lo había conocido.

Los sollozos sacudían las costillas de Adriana. Lloraba de rabia por la oportunidad perdida, por su superficialidad. No había creído en la enfermedad de nuestra madre. Las manos que la habían golpeado estaban bañadas de lágrimas y mocos.

Me he repartido con mi hermana una herencia de palabras no pronunciadas, de gestos omitidos y cuidados negados. Y de raras e inesperadas atenciones. Hemos sido hijas de ninguna madre. Somos todavía, como siempre, dos fugadas de casa.

Llegó el momento de las despedidas. Una nube con bordes deshilachados cubrió el sol de repente y un escalofrío me recorrió la espalda. Familiares y vecinos iban desfilando con pasos discretos pero apresurados, besándonos en las mejillas y susurrando palabras de consuelo a cada uno, a mi padre, a mis hermanos e incluso a Piero. Algunos se saltaban a Adriana al verla en aquel estado. O tal vez no la consideraban digna de consuelo.

–Creciste en la ciudad, pero la madre es siempre la madre –me dijo una mujer que desde lo alto de su balcón controlaba la plaza a todas horas.

–Pobre Evuccia, nunca pensaba en ella. Se sacrificó por vosotros, por los hijos –susurró la propietaria del VéGé, que había sido nuestra principal y a veces impaciente acreedora durante años.

Golpeó con el pie un jarrón de flores artificiales y lo volcó. Volvió a colocarlo en su sitio disculpándose con el muerto al que pertenecía.

También estaba Odilia, había venido con la Ape cargando en el cajón el perro ya viejo y tres ovejas, quién sabe por qué. Los aparcó al final del camino. Adriana y ella ni siquiera se miraron. Por último, se acercó un hombre que venía de un pueblo lejano, con el olor del establo en el pelo.

–La comadre era una santa, ahora está en el mundo de la verdad. Valor, comadres, valor –repetía deshecho.

Insistió en dejarme una bolsa con huevos frescos envueltos en páginas de periódico, tenía que batir uno cada mañana con azúcar y vino de Marsala para el desayuno. Así recuperaría fuerzas, decía, con el viento flexionando los cipreses.

No encontraba palabras para responder, solo algunas señales de asentimiento. Mi madre contada por los demás no era la misma que yo conocía.

Vincenzo apoyó la cabeza en el hueco de mi cuello, un lugar cálido y seguro. Todos lo miraban con medias sonrisas de circunstancias o de conmiseración, por su nacimiento del que nadie había oído nada, por el padre a quien no se veía.

Dejamos atrás las tumbas y nos dirigimos a la verja. Mi madre se quedó detrás de los ladrillos y del cemento todavía húmedo. Uno del pueblo preguntó a Sergio cómo era la vida en Libia.

El rayo cayó muy cerca, delante de nosotros. La línea de luz rota, y luego una especie de clic, se apagaron las lámparas votivas y estalló el fragor del trueno. La lluvia, tan violenta, era solo el comienzo. Apenas el tiempo de apretujarnos todos en el pequeño porche de entrada y llegó el granizo. El cielo verdoso se descargaba en bolas de hielo, no en granos. Trinchaban la alfalfa de un campo, las ramas de los árboles, un huerto abajo al fondo. Detrás de nosotros golpeaban sin respeto las tumbas del suelo: los mármoles y los granitos, las fotografías de los difuntos, las frases celebrativas en letras doradas o plateadas. De los crisantemos y las margaritas solo quedarían algunos tallos cortados.

El perro de Odilia fue el primero en llegar, corriendo enloquecido por el camino bajo la lluvia de proyectiles helados. También las ovejas saltaron del cajón de la Ape y lo siguieron. Se refugiaron en el porche en busca de su dueña. Metieron sus hocicos entre los cuerpos amontonados, pidiendo protección. Una de ellas temblaba de frío y de miedo sobre sus patas inestables, la respiración dilataba sus fosas nasales. El fuerte olor de la lana mojada se mezclaba con el ozono de los rayos. Yo también temblaba con mi camisa demasiado veraniega, Piero me puso su chaqueta sobre los hombros. Tenía un perfume nuevo. Adriana ya no lloraba, había vuelto a coger a Vincenzo en brazos.

Nos miramos: ni siquiera el bombo de la banda había producido jamás el estruendo que nuestra madre arrojaba desde el cielo en su funeral. Dejó de granizar tan repentinamente como había comenzado. Por todas partes corrían riachuelos de agua teñida de tierra, pero los truenos eran ahora un retumbo lejano. Regresé a la ciudad con Piero, sin quitarme su chaqueta, me parecía que abandonaba el pueblo para siempre. Quién sabe cuántas veces iría a casa de mi padre, pero ya no sería como antes. El vapor se elevaba desde el campo empapado, el agua todavía discurría en arroyos desde las escarpas. Los sapos atravesaban la carretera con su porte prehistórico y una urgencia incomprensible. Muchos terminaban aplastados por las ruedas de los coches, quedaban amarillos boca arriba y las patas fijas en el aire. Por el retrovisor veía desaparecer el lugar donde había vivido mi madre y yo había sido su hija.

En un momento dado perdí a Adriana y Vincenzo. Los perdí bajo el porche entre los truenos y la gente, los lomos de las ovejas y nuestro silencioso adiós a las muchachas que ya no éramos. Seguro que ella tampoco pasó después por casa. Volvía a Pescara con alguien, recorriendo las mismas curvas, unos kilómetros por delante o por detrás. Y mientras nosotras nos íbamos, en nuestro comedor las vecinas destapaban las bandejas con la comida fría que habían preparado, desenroscaban los tapones de las botellas y ofrecían las bebidas con gas a los presentes. Consumían el *cònsolo*[3] a la gloria de «aquella alma buena».

La había perdido de nuevo, pero no estaba preocupada. Adriana sabía dónde encontrarme.

Viajábamos sin hablar, Piero concentrado en la conducción. De vez en cuando se desviaba para evitar a los sapos. A veces miraba su perfil perfecto e impenetrable que se desplazaba al compás de las sacudidas del coche en los socavones o en el asfalto levantado por las raíces de los pinos. Una vez quitó la mano de la palanca de cambios y cogió la mía, abandonada en mi regazo. Me la estrechó y la calentó hasta que tuvo que reducir la marcha.

En la calle Zara se paró delante de la puerta. No hice caso del buzón rebosante de sobres y subí mientras él aparcaba. Hacía días que no volvía a casa y el aparta-

3. Costumbre funeraria del sur de Italia, consistente en la ofrenda de alimentos, enviados por parientes y amigos a la familia de un difunto en los primeros días de luto, durante los cuales el hogar permanece sin encender.

mento olía a cerrado y a dos ausencias distintas. Abrí algunas ventanas. En la terraza, las hortensias estaban muertas de sed.

Lo esperé sentada a la mesa de la cocina con la luz encendida. Los días se estaban acortando y el cielo era el linde oscuro y amenazante de la tormenta que se había desahogado tierra adentro.

Llamó al timbre, como si la casa ya no fuera suya.

–¿Tus llaves? –le pregunté.

–No las encuentro, las habré olvidado en el despacho –dijo.

Había ido a comprar leche fresca a la tienda de la esquina con avenida Kennedy, por eso había tardado. La puso a calentar en la jarra, mientras cogía nuestras tazas gemelas y las galletas. No recordaba dónde estaba el azúcar de caña. Él también se sentó, comíamos desganadamente bajo la luz blanca demasiado fuerte. Fue nuestra última cena en aquella cocina, con leche y *tarallucci* algo rancios.

Incluso ahora, mientras regreso al hotel próximo a la calle Zara, no sé si realmente tenía la intención de dormir allí aquella noche. Se levantó para lavar las tazas y yo me metí en la cama. Debió de oír los sollozos al pasar por delante de la puerta entreabierta de la habitación a oscuras. Era mi turno de llanto. Entró y se sentó a mi lado, me abrazó fuertemente y durante mucho tiempo. A veces temblaba un poco. Me secó las lágrimas con sus pulgares y me besó los ojos salados, la nariz, la boca. Lloraba por todas mis pérdidas, pasadas y presentes, él incluido. Me consolaba y era el mismo que me estaba dejando, ambos lo sabíamos.

Un grito ahogado cuando le mordí el labio, luego nos besamos más profundamente. Se desnudó furiosamente y ya estaba entre las sábanas. Me quedé quieta, sin saber si acogerlo.

–¿No quieres? –preguntó con la voz baja del deseo reencontrado.

No respondí, me volví de espaldas. Habló a su vértebra favorita, la mordisqueó un poco. Empujaba y se retiraba, con el sexo cada vez más duro. Tenía su mano en mi vientre, me abandoné. Se deslizó dentro de mí.

Aquella también fue la última vez.

16

Dormí como hacía tiempo que no lo hacía. Me desperté de repente y tardé unos instantes en reconocer la habitación ya iluminada y a Piero acostado en su lado. Mi madre llevaba unas horas enterrada y yo ya no estaba en el pueblo.

Cuando abrí los ojos él me estaba mirando. Lo vi más delgado, un nuevo tic le hacía temblar un párpado. Su bronceado de verano se había desvanecido, y le había dejado en las mejillas dos pequeñas arrugas verticales y simétricas, tenía la nariz un poco pelada. Extendí la mano y se puso tenso. No parecía el mismo de la noche anterior.

−¿Qué tienes? −le pregunté.

En el fondo esperaba que siguiera en silencio. Permaneceríamos juntos en el malestar que en aquel momento se propagaba en oleadas desde su mitad de la cama. Tal vez pasaría, un día, sin una razón, como había llegado.

Piero solo se tomó el tiempo de unas respiraciones, creo, o fue una pausa más larga. Estrujaba el borde de la sábana entre sus dedos.

–Llevo mucho tiempo queriendo decírtelo. Pero no me mires.

Así que me di la vuelta hacia la pared del vestidor. Me faltan fragmentos en el recuerdo de aquella mañana, el momento en que Piero empezó sigue siendo confuso, por mucho que me esfuerce en encontrarlo.

–El invierno pasado conocí a una persona.

Hablaba con frases cortas, cada palabra caía sobre la cama tan lúcida y directa como un cuchillo.

–Luego te juré que ya no volvería a suceder. Una noche, mientras dormías.

Le contó a mi espalda la lucha silenciosa contra una llamada fuerte y apremiante. A veces se le quebraba la voz y yo esperaba inmóvil a que siguiera su monólogo:

–Intentaba resistir, reprimiendo mis deseos. Pero me sentía muerto.

Lo escuchaba a la luz que invadía la habitación, entraba por la puerta corredera que había quedado abierta. A veces estaba seguro de que lo entenderías, dijo, pero todo seguía como antes.

–En abril hubo otro encuentro casual, luego dejé de contarlos.

Las bolsas y las maletas colocadas en un estante alto habían bajado al suelo. No viajábamos tan a menudo, pero a lo largo de los años siguió comprándolas de diferentes formas y tamaños. Algunas estaban por estrenar y todavía tenían las etiquetas de la marca y los pequeños candados. De repente estaban allí abajo, listas para partir. Arriba colgaban las perchas despojadas de las camisas y las americanas de Piero. Habían dejado al descubierto el vestido que llevé en su fiesta de graduación en el campo, con el halo de sangre aún en el pecho. Lo conservaba como recuerdo. La mancha me devolvía fotogramas de aquel día. El largo beso en la mesa, entre los aplausos de los invitados.

–Estoy cansado de mentirte –dijo Piero.

Su madre le pasaba algo a escondidas y le hablaba en voz baja. Me había vuelto por un momento hacia Adriana y encontré el estuche de terciopelo en el plato. Contenía un anillo de oro blanco y diamantes, de la medida justa para mi dedo anular izquierdo. Costanza se emocionó, lo había elegido ella. La fiesta era doble.

–No quería hacerte sufrir –repetía Piero desincronizado.

Mi madre había dicho que esto ocurriría, e incluso el canalón había caído. Desde el pómulo la sangre goteaba hasta el vestido. Mientras se reanudaba el almuerzo en el interior, Adriana y yo intentábamos limpiarlo, pero las fibras del tejido ya la habían embebido. La señal debía permanecer obstinada y feroz, incomprendida.

¿Cuántas más había pasado por alto? ¿Quién era mi marido? La traición que me estaba confesando resultaba casi secundaria. No entendía en qué pliegue de sí mismo había escondido el dolor que brotaba de golpe de su boca.

Me esforzaba por mantenerme entera y firme en la cama. Piero se incorporó y se sentó, mirando fijamente un punto preciso del vacío. Yo también me senté, a la escucha de lo que aún estaba por llegar. Su historia retrocedía en el tiempo, hasta julio de dos años antes. Había descubierto la bahía del Cecetto, en Vasto, y allí tuvo varios encuentros ocasionales, pero sin consecuencias. También en las dunas de Tollo, solo sexo. Utilizaba continuamente la misma palabra, encuentros. Cada vez era un golpe que se adentraba más profundamente en mi carne.

En aquel período siempre iba a la playa, su padre se encargaba del traslado del despacho. Los mismos días, yo, en Chieti, examinaba a los estudiantes en tórridas aulas y pasaba al profesor Morelli las notas con mi propuesta de valoración que él confirmaría, o no. En la mayoría de los casos el notable se convertía en excelente. Mientras tanto mi marido encontraba amantes en Cecetto o en las dunas.

No pensaba en aquello mientras Piero hablaba. Tenía frío, apoyada de espaldas en el cabecero. Los mismos escalofríos que el día de nuestro compromiso. Siempre tengo frío cuando me pasa algo fuerte.

Costanza me llevó a su habitación y buscó un suéter para mí. Aquí está, verde y suave, con su perfume en el cuello y las muñecas. Me lo puse y tapó la mancha de sangre del vestido. En eso pensaba, en el color del jersey de Costanza, que quizá era un verde petróleo –tengo una ceguera parcial para los matices cromáticos–. Y en ella, que ya estaba organizando la boda.

–Será hermosísimo. Es magnífico que Piero haya encontrado a una chica como tú.

–¿Y su marido está contento? –pregunté dudosa.

Temía que el doctor Rosati aspirara a una esposa criada entre la flor y nata de la sociedad de Pescara para su único hijo.

–Nino es un hombre reservado, pero te aseguro que está contentísimo.

Cuando se sentía feliz, Costanza hablaba con superlativos:

–Eres perfecta para Piero. No podíamos desear a nadie mejor para él.

Ahora parecía más tranquilo, sentado a mi lado. A medida que se vaciaba incluso lograba mirarme de vez en cuando. Solo su párpado se movía descontrolado.

–En otoño seguí viendo más o menos a las mismas personas. Las encontraba en algunos locales aquí en Pescara o fuera.

Los enumeró: Héroes, Rainbow club, la sauna en Silvi Marina. Yo, que creía conocer la ciudad y sus alrededores, nunca había oído hablar de esos sitios. Para mí siempre eran cenas con los amigos de escalada.

Por la tarde el cielo se despejó y el aire volvía a ser cálido. Los invitados se despidieron de nosotros y se iban con los confetis rojos en las bolsitas de tul. Piero y yo salimos, la hierba ya estaba seca. Me acarició con su dedo índice alrededor de la herida fresca antes de examinar el canalón que seguía en el suelo.

—Se ha roto por un poco de lluvia —dijo tocándolo con un pie.

Yo también pensaba en aquel extraño accidente.

Después de la fiesta nos precipitamos hacia la boda, sin apenas comprender lo que estaba sucediendo. No es que nos disgustara. Estábamos enamorados, o al menos nos unía la necesidad de algo a lo que yo podía dar su nombre y él el mío. Tendríamos un lugar solo para nosotros.

La madre de Piero pensaba en todo incansablemente. Un día le preguntamos por qué tanta prisa.

—Si no os apresuráis, se acaba —se le escapó con un hilo de voz.

Nos miraba, ahora a él, ahora a mí, con ojos ansiosos.

Fue ella quien encontró el apartamento en la calle Zara, una oportunidad que no debía perderse, con esas vistas al mar, repetía. Su marido extendió los cheques, uno para el depósito, el otro más sustancioso en el momento de la escritura. Elegimos nosotros al arquitecto, con pocos retoques y una sabia distribución de los espacios la casa se volvió funcional. Como nuestro matrimonio al principio.

–Mis padres siempre se han avergonzado de mí por algún motivo, un año porque suspendí, otra vez por el pendiente. Cuando llegaste, era de ti de quien presumían –dijo Piero.

No sé cómo sus padres entraron en la corriente de las palabras, en ciertos momentos yo perdía el hilo de la verdad que estaba revelando. Apoyó una mano en la manta a la altura de mi pierna, apenas sentía la presión. No sé si intentaba consolarme o si todavía se aferraba a mí. Cogí su dedo anular, al que le faltaba la alianza, y empecé a retorcerlo hacia atrás, hacia el brazo. No reaccionó.

Hablaba sin miramientos después de todo aquel silencio. Parecía más ligero a mi lado, liberado. Me estaba hundiendo bajo el peso que él había soportado durante tanto tiempo. Estaba pasándomelo a mí.

No quería ni siquiera imaginarlo entrando a hurtadillas en un local nocturno y mucho menos saliendo, con el pelo revuelto y el hedor de local cerrado y de humo, de alcohol y sexo. Cuántas veces había oído desde la cama cómo se demoraba en la ducha después de aquellas cenas inventadas. Luego venía a la habitación perfumado con nuestro gel de baño.

No lo reconocía en su relato, no reconocía al chico que vino conmigo a Gagliardi para la lista de boda. Nos habíamos divertido. Servicio de platos para circunstancias especiales, servicio informal para las veladas con amigos. Pequeñas locuras a las que no podíamos renunciar, decía la dependienta: dos jarrones de Venini, el exprimidor en forma de araña. Se comía a Piero con miradas ávidas. En aquellos meses me sentía muy honrada de entrar en la familia Rosati.

El día de la boda todo el pueblo estaba en la plaza. Cuando avanzaba del brazo de mi padre erguido, la gente que estaba detrás se ponía de puntillas para ver a la novia. Y no querían perderse la llegada de los invitados de Pescara, con sus coches relucientes y las señoras elegantes que bajaban sujetándose el borde del vestido.

Adriana me seguía, colocando sobre los adoquines la cola que había querido larga. Los zapatos de tacón le iban estrechos, de vez en cuando gritaba ¡ay! y maldecía en voz no demasiado baja. Era mi testigo, vestida de rojo y con su habitual rostro insolente. Los aldeanos murmuraban por detrás, en cambio, los parientes de Piero se volvían locos por ella.

–Encantada –se presentaba–, soy la testigo de la novia y también su hermana.

Mi madre estaba un poco emocionada en su traje azul con grandes flores de color crema, quizá aquel día cambió de opinión sobre mi matrimonio: tal vez funcionaría.

El paje que llevaba al altar la caja con las alianzas se había divertido atando la cinta que las unía. Costó tiempo deshacer el nudo, y las uñas frenéticas de Adriana. El cura bromeó sobre los nudos del amor y, de nuevo, no capté la señal. Intercambiamos los anillos y nos besamos, creíamos en todas las promesas recitadas de memoria.

—La primera vez ocurrió en la playa, hacía viento —dijo Piero.

Volvía de nuevo al verano de dos años antes e iba entrando en detalles. No estaba segura de querer complacer su necesidad de vaciarse del todo, pero no lo detuve. Seguía forzándole el dedo y no se oponía.

—¿Sabías que en los Abruzos hay playas nudistas?

Cuando éramos adolescentes, Adriana y yo llegamos por error a uno de esos lugares. Yo podía tener unos diecisiete años y ella siempre tres menos, era la época de nuestras aventuras en autostop. Mi hermana echó un vistazo alrededor, sin ni siquiera dejar la bolsa de paja en el suelo.

—Aquí está lleno de guarros, vámonos —dijo.

No tuve ganas de contárselo a Piero, le contesté que no con la cabeza y él siguió. Miraba el vestido que colgaba de la percha, me pareció que se balanceaba ligeramente. Era una ilusión óptica, el aire permanecía inmóvil en la habitación, no había ningún terremoto en curso. Era yo quien estaba cayendo.

—Al principio solo miraba, había algunos tomando el sol y parejas que se retiraban.

Empujé con un golpe seco y algo cedió en su mano. Se le escapó un grito y lo dejé. Sobre la manta, su dedo anular ya se hinchaba y oscurecía. No pensé que había empleado tanta fuerza. Estaba bañada en lágrimas, quién sabe cuándo había comenzado.

Aquella mañana la bahía estaba casi desierta y las nubes pasaban velozmente. Se tendió desnudo sobre la toalla, cada ráfaga de arena se convertía en mil pinchazos de alfileres en la espalda. Se adormeció.

–Te estás quemando aquí donde estás blanco –dijo la voz, y una mano pasaba de un lado a otro por sus nalgas.

Lo dejó hacer por unos momentos, luego se dio la vuelta mostrando su erección. Vio la sonrisa a la deslumbrante luz del mediodía. El otro se arrodilló sobre las ondulaciones formadas por el viento y se puso a lamerlo y chuparlo.

–Sucedió de forma muy natural –dijo mi marido–. Eres la única a quien puedo contárselo.

Ni siquiera supo el nombre de aquel chico y nunca volvió a verlo. Quizá estaba allí de vacaciones o tal vez solo por él, para recordarle lo que realmente quería.

17

Se quedó quieto, el sol le secaba el sudor y la saliva de un hombre. Con los nervios y los músculos agotados por el placer, no logró decirle nada. Con los ojos cerrados oyó que se levantaba, y luego los pies ligeros sobre la arena. Se iba así, como quien ha entregado un regalo.

Más tarde lo despertó una angustia repentina. El viento había amainado y el cielo estaba nublado sobre el mar agitado. La piel le quemaba y corrió hacia la orilla. Desde allí se volvió para mirar hacia atrás, la toalla anaranjada con la huella de su cuerpo. Se bañó en la soledad de la bahía, nadando furiosamente como si tuviera que alcanzar las islas Tremiti.

Llegó a casa poco después que yo. Una ducha larga y me ayudó a preparar la cena con la amabilidad de siempre, o incluso más. Por la noche se quejó en la cama, tal vez por los sueños o por la quemadura que no le había visto.

Se impuso una disciplina en sus pensamientos y sus comportamientos. No desees a los hombres, si alguno te gusta, aparta inmediatamente la mirada de él.

Ten cuidado con quien te mira con insistencia, ya te ha reconocido. Evita las fantasías sobre los hombres cuando estés con tu mujer. Eres feliz, este deseo no es útil. Siempre lo has mantenido a raya, y tarde o temprano desaparecerá.

Piero se controló durante un tiempo. Un día llamó su secretaria, el doctor no regresaba de la pausa del almuerzo y el paciente se agitaba en la sala de espera. No estaba en casa conmigo, en aquel momento se encontraba en un baño público, él, tan obsesionado con la higiene. Estaba vacío, pero pronto llegó un tipo de unos cuarenta años. Entre todos los urinarios disponibles eligió el que estaba a su lado y comenzó a tocarse, mirándolo, jadeando. Piero se apoyó con una mano en la pared y con la otra se masturbó deprisa, con la cabeza girada ahora hacia el vecino y ahora hacia la puerta. Llegaron a la vez, cada uno en su urinario. Unos minutos más tarde se disculpaba con el paciente, que había una larga cola en el banco, y se ponía bata y guantes. Le pidió a su ayudante que preparara el cemento para las coronas definitivas.

El dique que había resistido durante tantos años se derrumbó. Comenzó una nueva vida, de mentiras, miedo a ser descubierto y placeres robados. Piero nacía por segunda vez.

Pero estaba ansioso, nunca estaba en el lugar adecuado. No conmigo, su deseo lo atraía a otra parte. No a los lugares donde se producían los encuentros, habitados por la culpa. Llegó un otoño de mal tiempo y las playas más al sur ya no eran practicables. El punto de encuentro en San Luigi le parecía peligroso, se sentía demasiado expuesto al aire libre, en el fondo Pescara no era una ciudad tan grande. Las habladurías volaban de un lado a otro y su familia era muy conocida. Mucho más que yo, lo asustaban su padre, su madre y su círculo de biempensantes. Recordaba a Costanza –siempre compuesta e impecable– que cuando era un niño imitaba los andares sinuosos de un vecino y su voz estridente. Se reía de aquel hombre, golpeándose los muslos. Piero nunca hubiera querido que sus padres supieran, tenía miedo de saberlo él mismo. Era el primero en sentirse equivocado.

En las habitaciones oscuras de los locales que comenzó a frecuentar se sentía más protegido, pero le bastaba poco para alarmarse. ¿Y si algún paciente lo hubiera visto? Incluso con las luces tenues había identificado, en las formas desnudas de un cuerpo frotándose con otro, a Maurizio, su compañero de instituto. Durante una excursión escolar lo había empujado contra un autobús aparcado, tratando de besarlo en la boca. Entonces Piero había escapado turbado sobre todo por la revolución que estallaba dentro de sus pantalones. Quién sabe si también Maurizio, al que llamaban Zizzi, lo reconoció en el instante de una mirada.

Después conoció a uno de Bari que vivía solo en un apartamento cerca del estadio e iba de vez en cuando a encontrarse con él allí. Cama, sofá, dos en la ducha, sin esconderse. También comiendo juntos *orechiette* frente al televisor, vino blanco fresco, copas tintineantes. El otro le pedía que se quedara a dormir y una noche accedió, en la laxitud postorgásmica. Volvió por la mañana con las excusas y mentiras preparadas para contarme. Algunas noches lo despertaba la certeza de que iba a ser echado de casa. Las maletas que había comprado lo esperaban nuevas en el vestidor.

Su amante comenzaba a exigir más, lo quería todo para él.

–Sabes que no puedo –respondía Piero.

El de Bari se quejaba con su cadencia melódica, volviéndose molesto. La relación con un hombre casado, que al principio le había parecido tan excitante, ahora le pesaba.

–Iré yo a hablar con tu mujer –amenazó una vez.

–No la dejaré por ti –le dijo Piero cogiendo su chaqueta.

Nunca regresó allí. Solo temía que me buscara realmente. Pero nunca le había dado su número, ni siquiera su apellido. El único rastro que quedaba de él en el apartamento de la zona del estadio era un nombre pensado con el acento de Bari, la nostalgia.

Durante días, semanas o tal vez meses Piero se engañó a sí mismo pensando que había alcanzado la saciedad. Creyó que el sexo fuera de casa de los últimos tiempos le había bastado. Podría volver a entrar con todo su ser a nuestra vida de pareja, tan agradable y libre de riesgos. Estaba muy cariñoso conmigo, planeaba vacaciones exóticas, un viaje a México. Mencionaba a un niño, o más bien una niña, y fantaseaba con su aspecto, con los parecidos.

–Se llamará Alessia o Viola –imaginaba.

Y por la noche, mientras extendía el brazo desde la cama para tomar la píldora:

–¿No es momento de suspenderla?

Me buscaba él. La novedad era que me pedía que le chupara los pezones primero. Me penetraba por detrás, abrazándome con fuerza, besándome el cuello y los hombros. Pero luego se perdía a veces dentro de mí, su sexo se hacía pequeño y blando, resbalaba fuera. No me importaba, solo la carne quedaba insatisfecha, en su tensión ligeramente dolorosa. Permanecíamos abrazados como dos compañeros en la noche oscura.

Ciertamente no pensaba que rompería su abstinencia cuando aceptó la invitación a una fiesta de cumpleaños en uno de aquellos locales. Me lo dijo también a mí que iba a ir, pero me habló de un nuevo restaurante camino del puerto. Quizá se sentía lo suficientemente seguro como para ponerse a prueba, tal vez pensó que el deseo se había extinguido de verdad.

Al principio no le gustaba nada de la fiesta, quería marcharse pronto. La decoración de la sala era excesiva, la música estaba demasiado alta, las guirnaldas con los falos en miniatura eran ridículas. Los hombres iban con el torso desnudo, embadurnados de aceite, muchos ya en calzoncillos. De repente aquel chico se subió a la mesa y empezó a bailar. A diferencia de los demás llevaba vaqueros ajustados y una camiseta blanca sin mangas, que la lámpara estroboscópica iluminaba. Piero se sintió atraído por los pies fuertes y primitivos que golpeaban la madera, los dedos eran casi prensiles. No salía de una escuela de danza pero seducía. Todo se detuvieron para mirarlo y, al final, algunos exaltados se disputaron con gritos groseros la camiseta empapada que había arrojado al público. Bajó de un salto y se acercó a Piero, secándose con una bandana. Tomaron un mojito cada uno y charlaron en la barra. Luego se retiraron a un rincón lejos del ruido y de las luces. Se abrieron los pantalones el uno al otro y comenzaron a tocarse.

—Doctor Rosati... —susurró el chico al oído de Piero.

—¿Tú qué sabes de mi nombre?

—Pescara no es Los Ángeles. Nos vimos hace algunos años, ¿no te acuerdas? Viniste a la fiesta de Borgo Sud y bailamos en la plaza hasta tarde. Después nos hemos cruzado algunas veces en la estación central —dijo tratando de darle la vuelta hacia la pared.

Piero lo esquivó y se arregló deprisa.

–Me confundes con alguien.

Le temblaba la mano con la que cerraba la cremallera, que se atascó por la mitad.

–Tengo que irme –dijo.

–Adiós, doctor –lo despidió el marinero decepcionado.

Había sucedido lo que Piero más temía, lo habían reconocido. En el coche dio un puñetazo al volante y maldijo. Hacía tiempo que no veíamos a Adriana, pero seguro que iba por el Borgo y el pescador la conocía. Podía contarle aquel encuentro y ella me lo diría a mí. Lloraba mientras conducía hacia a casa, compró todas las rosas de un vendedor ambulante que salía desanimado de Ferraioli. Quería regalármelas antes de que lo dejara.

Las depositó encima de mí, que ya estaba en la cama, y corrió al baño. Cuando volvió a la habitación le pedí que colocara las flores en un jarrón, y le dije si se había vuelto loco. Pero después de todo solo había tenido un pensamiento amable y me arrepentí de haber sido descortés.

–Dame una tableta de Tavor –dijo pensativo.

Durante algún tiempo también abandonó la montaña y su único desahogo fue el tenis. Trabajaba con su padre y salía solo conmigo, para hacer la compra o ir al cine. Vimos todos los episodios de *Heimat 2* en el

Sant'Andrea, me lo sugirió Morelli, y Piero también se apasionó. Se familiarizó con el público de los cinéfilos de Pescara que al principio le habían parecido aburridos. A veces paseábamos a lo largo de la orilla, él con la mirada hacia abajo observando los perros con la correa.

Volvía del despacho con una ansiedad que no me explicaba. Se calmaba cuando comprobaba por el tono de voz que nadie me había contado nada y que nuestro matrimonio había sobrevivido un día más. Tomábamos Tavor todas las noches.

Entonces sucedió. Debió de ser un momento de debilidad, el otro lo cogió desarmado. Se conocían de vista desde hacía años, habían ido a la misma escuela, al mismo balneario. No había razón para temerlo, Piero no apartó la mirada a tiempo.

Solo se trataba de organizar un torneo de tenis entre los socios del club, por eso se quedaban al terminar el partido. O iban juntos a Dolci Sport para elegir las zapatillas adecuadas para la tierra batida o unos tubos de pelotas. Decidían si comprarlas blancas o amarillas, más visibles a la luz artificial. Era por el simple placer de estar juntos que discutían sobre la adherencia de una suela como si no hubiera problema más importante. A veces hacían juntos el aperitivo y luego Piero volvía a casa con una inquietud adolescente, una energía acumulada. Se disparaba a la menor ocasión, cargado como estaba.

Davide Ricci ganó el torneo. Acompañó a mi marido después de la cena de celebración y detuvo el coche en un tramo bastante oscuro de la calle Zara. Se besaron de improviso en la cabina del Golf, con el hambre en sus bocas, a pocos metros del número 20 de nuestra calle y de mí, arriesgándose a ser vistos por alguien del vecindario. Ahora a ellos no les importaba. Tal vez pasaron una o dos horas, fue aquella noche, mientras yo dormía, que Piero me juró no verlo más. Ya estaban enamorados. Davide no era como los demás. La resistencia de mi marido duró solo unos meses, esperó a la primavera para rendirse.

En mayo estaban en las gradas del Foro Itálico para los Internacionales de Tenis, Davide había insistido. Yo sabía de un curso intensivo de implantología en Roma, de una semana entera. Fue su luna de miel. Aquel año ganó Jim Courier.

18

Comienza el día y estoy casi delante del hotel. Al otro lado de la calle, el mar y la playa aburrida de las temporadas bajas. Nunca camino tan temprano, los músculos de mis piernas están calientes y tengo el estómago vacío. Un coche aparcado junto a la acera, Piero dormido con la cabeza contra la ventanilla. Una hora antes de nuestra cita y quién sabe cuánto tiempo lleva aquí. Nunca lo había visto en este coche. Tiene la boca entreabierta, una pequeña zona del cristal se empaña cuando exhala. Quince veces por minuto, me dijo, pero tal vez sean doce o incluso menos durante el sueño de un deportista. La arruga vertical se ha convertido en un surco en su mejilla. Y tiene más canas, naturalmente.

Golpeo suavemente con los nudillos y sonrío. Abre los ojos de golpe y me devuelve la sonrisa. Nos quedamos unos momentos así, sin movernos. Nunca me he curado completamente de él, algo se sigue contrayendo dentro de mí. La sensación de cuneta o cambio de rasante, como la llamaba una compañera de colegio, muy enamoradiza. Pero ahora es leve, dócil, solo un reflejo atenuado que no ha desaparecido con el paso de los años.

Gira la llave y pulsa el botón de la ventanilla. Buenos días, dice, e instintivamente le paso la mano por el pelo aplastado por el cristal.

Entramos en el hotel. La sala del desayuno está vacía, las mesas esperan a que los huéspedes se despierten y, en cada una, un azucarero blanco. La chica que me sirvió la cena de leche en la habitación trae de la cocina *ciambellone* y cruasanes.

Nos sentamos junto a la ventana con vistas al mar, como cuando éramos una pareja de vacaciones. Pero no lo somos y de repente me pregunto qué hago aquí con él, mientras no muy lejos puede suceder lo irreparable. Ha bajado un hombre recién afeitado, nos saluda con un gesto. De vez en cuando nos mira hojeando el periódico, no sé qué debemos de ser a sus ojos. Ni casados, ni amantes, me gustaría decirle, nunca enemigos.

Ni siquiera puedo comerme la punta que he separado del cruasán, solo lo troceo.

–Al menos ponte más azúcar en ese capuchino –insiste Piero.

Bebo un poco y le pregunto cómo está. Bastante bien, rara vez va a la montaña y ya ha renunciado a escalar la pared norte de Camicia. No echa de menos el despacho de su padre, dedica mucho tiempo al Vertigo y los inscritos aumentan. Tal vez le parezco perdida, me recuerda de qué está hablando: su gimnasio de escalada deportiva, el primero en Pescara. No tiene ningún motivo para preocuparse por mi memoria, es solo que estoy absorbida por esta espera. Y desde hace años olvido los detalles de su vida después de mí.

¿Y yo? Me encojo de hombros: sigo las tesis de licenciatura de los estudiantes, los lectorados de italiano. Estoy organizando un congreso pero ahora tendré que posponerlo.

Sonríe y sacude la cabeza. Tal vez quería saber algo más, si veo a alguien, por ejemplo. Podría hablarle de mis amigos, del hombre con quien salí el otoño pasado, de Christophe, y de nuestro gato. Me falta la voz. A su compañero no lo menciona por delicadeza.

Después del desayuno tenemos todo el tiempo por delante para llenar hasta el mediodía, Piero propone dar una vuelta en coche.

–Vayamos a Borgo Sud –digo.

Conduce concentrado, su perfil contra la luz del día, un dibujo que siempre llevo conmigo.

Reduce la velocidad al llegar a los primeros edificios, los obreros trabajan en el borde de la carretera con un martillo neumático. Una mujer arrastra un carrito de la compra desajustado, cuyas ruedas traquetean en el asfalto irregular. Cruzamos la plaza con el barco de madera en el centro. Señalo a Piero la dirección con la mano.

–¿Estás segura? ¿Estará él allí? –pregunta.

Solo estoy segura de pasar por allí. La casa verde tiene las puertas y las ventanas cerradas, el único signo de vida reciente es una pila de cajas vacías en la parte delantera, de las que se usan para el pescado. Algunas han caído al suelo, dentro juegan unos gatitos flacos todos iguales, con el pelo tieso. Estamos parados, con el motor apagado.

–¿Quieres bajar? –me pregunta Piero.

–Vámonos –le digo bruscamente–. Llévame al hospital, esperaré allí.

Pronto nos dejarán entrar.

–He llamado al médico de guardia. Las condiciones son graves pero estables –ha respondido esta mañana a mi primera pregunta.

No sabe nada nuevo. Nadie sabe exactamente lo que pasó.

Ya no soporto estos giros en el vacío, él sigue hablándome de otras cosas. Le repito que me deje en la entrada, pero no me hace caso. Aparca y me acompaña.

En el suelo, líneas de diferentes colores conducen a los distintos departamentos, arriba están escritos los nombres: el rojo lleva a Medicina Nuclear, el azul a Hematología. Amarillo, Cuidados Intensivos. En los cruces de los pasillos algunas tiras giran, nosotros seguimos la amarilla.

Una mujer se me acerca con los brazos abiertos, su sonrisa entusiasta. Me abraza, lleva un perfume dulzón, de los que le gustaban también entonces. Se aparta y nos miramos después de todos estos años: Gabriella, compañera de clase en el instituto. Cuenta su vida a ráfagas, su empleo en Correos, tres hijos, uno en Londres. Tengo prisa, no tengo ganas de escucharla. Ahora preguntará por mí, ya está mirando a Piero. Él se presenta solo por su nombre.

–¿Qué hacéis por aquí? –me pregunta Gabriella.

–Vengo a ver a una persona.

Por el interfono dicen que es pronto para las visitas, pero podemos coger número y sentarnos en la sala de espera. Tenemos el uno, al menos seremos los primeros para hablar con los médicos y acceder a la sala. Estamos en un sótano, la luz que baja de las ventanas se mezcla con la del neón. Nos quedamos de pie en el centro de la sala, en las paredes dos grandes carteles de nuestras montañas, el pequeño Tibet con la floración de las campanillas de invierno. Debajo está la placa de quien los han donado. Leo frases grabadas en plata o escritas en papel enmarcado. Un chico cuenta un terrible accidente y la oscuridad de la que no habría regresado sin los cuidados recibidos aquí. Son los supervivientes, es su gratitud a los médicos y a las enfermeras, a Dios. Los muertos no escribieron nada.

Alguien toca el timbre, no sé por qué me acerco a la puerta. Al cabo de unos momentos vuelve a sonar y luego golpea ligeramente con los nudillos. Miro a Piero y no me atrevo a abrir. Finalmente un mando automático desbloquea la cerradura desde quién sabe dónde. Entra mi padre.

–¿Y tú? –pregunta.

Le tiembla la boca convulsivamente y su voz es temblorosa. Se le enrojecen los ojos al instante, pero permanecen secos. Mi padre no llora. Extiende los brazos y golpea las manos con rabia sobre las piernas, con la que le faltan dos dedos hace un ruido diferente. Llegué anoche en tren, le digo secándome con un pañuelo.

Ha venido del pueblo. No lo encuentro tan descuidado, se ha arreglado el pelo con un peine mojado, como siempre. Lleva una chaqueta oscura con un poco de caspa en los hombros, sus pantalones están limpios y planchados.

Ginetta, la viuda de la planta baja, lo ayuda con la colada. Se lava él mismo los calzoncillos y los calcetines bajo el grifo, por pudor. Los lunes Adriana va a su casa y airea las habitaciones, limpia y ordena. Se reconciliaron después de la muerte de nuestra madre. Sin decir nada, comenzó a ir un día a la semana, y asimismo, sin decir nada, él la acogió, o al menos no la echó. A veces mi hermana le lleva pescado fresco y lo cocina, él siem-

pre un poco reacio, no está acostumbrado. Le gustan
los boquerones fritos, que se come con todas las espinas, y de los calamares solo los tentáculos, pero bien
crujientes. Esto me lo contó Adriana, sacudiendo la cabeza. Pero ella es negada para la plancha, sobre todo
para la raya de los pantalones, siempre se tuerce. Así
que Ginetta se encarga de eso. A cambio, mi padre la
lleva en coche para la compra más pesada y en otoño
le apila la leña en el cobertizo.

Piero se acerca y le tiende la mano, él no se la estre-
cha. Responde con un movimiento de cabeza, no sé si
es un saludo desdeñoso o una pregunta silenciosa: qué
haces tú aquí. Se sienta con el torso inclinado hacia delante, con los codos en las rodillas. De vez en cuando
se coge la cabeza por un momento, comprime la desesperación de su interior. No tiene las palabras para ex-
presarla, si la liberase saldrían gritos, blasfemias, como
cuando murió Vincenzo.

Yo también me siento, no a su lado, dejo un lugar
vacío entre los dos. Piero se ha retirado al otro extremo
de la sala de espera, el tiempo no pasa. Mi padre mira
fijamente al frente, a veces se acuerda de mí y se vuelve
un momento con esos ojos.

Llaman de nuevo, la puerta se abre enseguida. Entra
un grupo de personas hablando muy excitadas, lloran.
Un familiar suyo acaba de ser ingresado. Una mujer
apoyada por un hombre igualmente afectado, deben de

ser los padres. Las dos chicas sollozan juntas, nosotros no sabemos hacer esto. Sus cabellos lisos contrastan en el abrazo, teñidos de negro y de rubio. Una es la novia y la otra la hermana del chico que está en la UCI, por la forma en que se hablan. Ha sido un accidente de trabajo, lo ha aplastado una carretilla elevadora.

Es casi mediodía, le digo a mi padre que pronto nos informarán los médicos y luego nos dejarán entrar en la sala de uno en uno.

–Ese ya no tiene nada que ver con nuestra familia.
–Y señala a Piero con la barbilla.

Los demás familiares llegan todos juntos a las doce en punto, cogen el número y se lavan las manos. Se sientan disciplinadamente, a estas alturas ya se conocen y algunos intercambian noticias sobre sus parientes. Otros permanecen callados y retraídos.

El número uno a la sala de médicos, dice una enfermera señalando una puerta.

Estoy casi dentro, con el corazón acelerado y el estómago contraído en un espasmo. Me doy la vuelta y solo está Piero, mi padre sigue allí.

–Papá, ven aquí.

Dice que no con la cabeza y no tengo tiempo para convencerlo.

Una mesa nos separa del médico, encima está la carpeta con el nombre. El doctor la abre, pero apenas la consulta, lo tiene todo en su cabeza. Es profesional, amable. Habla conmigo y mira a Piero de vez en cuando. Ya se vieron ayer.

–Se trata de un traumatismo por caída de altura. El neurocirujano ha evacuado el hematoma subdural y sus constantes vitales actualmente son estables, es una persona fuerte. Dentro de poco la verá, no se impresione.

Le pregunto si podría haber daños permanentes. Hace una breve pausa.

–Ahora estamos trabajando para mantenerla con vida, cualquier otra evaluación es prematura. Está sedada, en unos días aligeraremos la medicación y veremos –dice.

Tenía otras preguntas que hacer, pero no las recuerdo. Piero me lleva de vuelta a la sala de espera.

Busco las palabras para mi padre, pero él lo sabe. Ya vino ayer. No habla con los médicos, ni entra a ver a Adriana. Espera que una enfermera del pueblo salga de la sala un momento para contarle algo comprensible. Mientras yo hablaba con el médico, ella lo llamó aparte y le tradujo las mismas noticias.

–El número uno puede vestirse –dice una voz joven. Paso a una especie de pasillo con taquillas, unas manos me entregan lo necesario: guantes, mascarilla, calzado desechable. Las mismas manos me ayudan a atar detrás del cuello y la espalda la bata quirúrgica verde de una medida exagerada para mí. Está sucediendo todo muy rápido, ahora mismo. He regresado de Grenoble para esto y no estoy preparada. Dudo, después de haberme puesto lo que debo.

–Venga. –Y la misma mano me acompaña con una ligera presión sobre el hombro. A lo largo del pasillo, luego giramos, otro pasillo con las luces blancas demasiado duras. Oigo nuestros pasos amortiguados sobre el linóleo, ¿por qué tan rápidos? Llegamos a Cuidados Intensivos.

19

Está pálida como nunca lo había estado, le gusta verse morena incluso en invierno. Al menor calor se descubre, para atraer cada rayo de sol. Ahora, de su color solo queda un tono amarillento en sus brazos desnudos, donde no hay moretones. Un tubo le entra en la boca, se arruga en la parte que queda fuera. Por allí pasa su oxígeno.

Cuando duerme nunca está tan quieta, se vuelve a cada momento, arrastra las sábanas, saca un pie. Ahora está inmóvil en este sueño artificial, de vez en cuando solo sus ojos se giran hacia arriba en la hendidura entre los párpados, quedan fijos en el blanco. Un gran hematoma le deforma la mitad de la frente y el rostro, se difumina del azul al violeta. Antes de la intervención, le cortaron un poco el pelo de ese lado. Recuerdo cuando se lo cortaron los acreedores de Rafael en Borgo Sud. Aquí le han atado el resto en una cola lateral, con una de esas mallas elásticas que se utilizan para sujetar apósitos. También debieron de desmaquillarla, apenas veo rastro del lápiz negro que se aplica sin escatimar.

No puedo creer que esté acostada en esta cama, con la espalda incorporada. Todo parece un error, un intercambio de persona. Me cuesta reconocer en la cara tumefacta cualquier rasgo que recuerde a ella. Pronto vendrá alguien y dirá que no es Adriana o yo no soy su hermana. Debo de haber soñado la llamada, el viaje en tren, y que estoy aquí.

Aprieto fuerte el borde de la cama, para mantenerme al menos yo en el mundo, para resistir la ligereza que me invade subiendo desde los pies. En cuanto a ella, tengo miedo de tocarla, de hacerle daño. La sábana cubre sus fracturas, una está enyesada. La mirada de la enfermera me vigila, atenta a mis reacciones. En su uniforme lleva escrito LORI.

–Puede acariciarla –dice.

Paso la palma de mi mano sobre la suya inerte, apenas el tiempo de sentir su calor a través del guante y suena una alarma, como una campana, ding dong ding. La retiro asustada.

–No se preocupe, el saturador es muy sensible a los movimientos –me tranquiliza la mujer y la desactiva.

–¿Qué es? –pregunto.

–Mide la concentración de oxígeno en la sangre.

–Y muestra una de las ondas del monitor.

Puedo volver a tocar a Adriana, pero esta vez elijo el brazo. Está suave, viva. Huele a medicación. Me acerco a su oído y la llamo en voz baja.

—Estoy aquí, no te preocupes si no puedes contestar ahora.

Me cruzo con los ojos de Lori, enmarcados por la gruesa montura de sus gafas.

—¿Puede oírme? —pregunto.

—Háblele, es importante.

Un hilo de saliva gotea de su boca entreabierta, la enfermera se lo seca con una gasa. Adriana se avergonzaría, pero no lo sabe.

—Te he traído de Grenoble la crema de caramelo de mantequilla salada —digo como una tonta.

La última vez se los comió todos, uno por uno, como una niña glotona. Si estuviera despierta, ahora se burlaría de mí imitando la pronunciación de Grenoble con las *e* mudas y las *r* exageradas. Le acaricio una mejilla con el dorso del dedo índice. En la otra tiene algunos puntos de sutura.

Intento contener el llanto y luego me doy cuenta de que tampoco esto lo ve ni lo oye Adriana. Dejo que fluya. Comienza a gotearme la nariz y no tengo mi bolso conmigo, ni pañuelos en los bolsillos. Me seco con la manga de la bata.

La encontraron sobre el asfalto detrás del edificio donde vive con Vincenzo, a las nueve de la mañana de hace dos días. Una voz anónima llamó al 118. La ambulancia llegó en unos minutos, unos sonidos de sirena en el puente y luego en las calles de Borgo Sud.

Cuando los equipos de la ambulancia bajaron no había nadie con ella, una mujer exánime en el suelo. Llevaba un vestido amarillo, un zapato con el tacón boca arriba junto al cuerpo roto. El otro se había quedado en la terraza comunitaria, Adriana cayó desde allí. En el primer piso se encontró con un toldo, su salvación, tal vez. No recuerdo por quién se enteró Piero de la noticia, en parte por el médico del 118, pero también por los policías, creo.

Tendía la ropa a esa hora. Después del desayuno Vincenzo se va al colegio y ella suele prepararse para salir, en el último momento sube con el barreño de la ropa recién sacada de la lavadora. La cuelga a la brisa del mar, y después se va a comprar y a hacer recados, y a veces a tomar un café en el centro. Maquillada y cuidadosamente vestida, se sienta en una mesa al aire libre, ve pasar a la gente. No logro imaginar cómo pudo caer desde allí arriba. Desde luego no lo quiso.

En la terraza encontraron las sábanas de Vincenzo ya colgadas en la cuerda con las pinzas, pero la funda de la almohada y el mantel aún estaban húmedos en el recipiente azul. La caída interrumpió el trabajo de esta mano que ahora sostengo con la mía, con cuidado para no volver a activar la alarma del saturador.

–¿Qué piensas? ¿Crees que se tiró? –casi le he gritado a Piero antes de llegar al hospital.

No podía soportar más su forma de pronunciar la palabra «accidente» con una vacilación, un matiz de duda en la voz.

–La policía debe considerarlo como una hipótesis.

–Los policías no la conocen, tú sí. –Y me he vuelto hacia la ventana.

Me pregunto qué habrá sido de su vestido amarillo. Los sanitarios debieron de cortarlo, se enfadará por eso. Le prometo que le regalaré uno más elegante, iremos a elegirlo juntas a Santomo.

Aquí está desnuda bajo la sábana, puedo ver los electrodos conectados en el pecho. Un catéter conduce la orina a una bolsa transparente colgada de la cama, hay sangre dentro. Su cuerpo es este campo de batalla, cada orificio ocupado. Otros luchan por ella, desarmada. Solo pone el corazón obstinado y palpitante, una voluntad que duerme pero está viva.

Se ha escapado más de una vez. Se salvó de las mordeduras de un perro –y una cicatriz le surca una pantorrilla–, del coche con los frenos rotos que no la alcanzó por unos centímetros, de la fiebre a 41 y medio del sarampión. Siempre la he creído invencible, no veré su muerte.

Mi hermana es temeraria, no tiene mesura, es un todo con el mundo. Solo conoce la prudencia para su hijo. Esta mañana Piero y yo hemos pasado por debajo de su casa. Había un rastro de sangre, barrido junto con el serrín. No muy lejos, una servilleta enredada en un tallo de hierba seca. Tal vez se cayó intentando recuperar lo que le había volado, o una pinza de ropa, o solo uno de sus locos pensamientos. Es un instante, una ilusión de omnipotencia nos atrapa, al instante siguiente nos ha traicionado.

Se salvará también ahora, solo está tardando un poco. Han pasado las primeras cuarenta y ocho horas.

Sin embargo, tengo miedo. Bajo estas luces está tan indefensa, sin rastro visible de su fuerza. Si una mosca la molestara, no podría ahuyentarla, no podría rascarse una picazón. Aquí está y no está. Yace suspendida a lo largo de esta frontera incierta.

–Iré a ver a Vincenzo esta tarde, sé que está bien –le digo–. Papá también está aquí, y Piero.

Justo en este momento se le mueven los ojos, son solo reflejos.

Otra vez pierde saliva por la comisura de la boca, pero la enfermera no está. Utilizo la manga limpia de la bata que llevo, seguro que Adriana estará más contenta si se la seco yo.

–El domingo quería llamarte, pero se me hizo tarde –le cuento.

Tal vez mi voz de unas horas antes al teléfono podría haberle dado más fuerza a su mano para agarrarse al parapeto. Tal vez se hubiera sentido más fuerte, menos sola.

Me siento culpable con ella. Desde la distancia fue fácil abandonarla a sí misma. Disminuí las llamadas, poco a poco me aligeré del peso de su vida. Era adulta, madre. Ya no quería ser la guardiana de mi hermana. –Esperaré a que te recuperes, no me iré –la tranquilizo ahora.

Lo que he construido más allá de los Alpes me parece de repente pequeño, insignificante, menos importante que la servilleta que Adriana tal vez persiguió en el viento. La carrera, las publicaciones, los exámenes. Las amistades consolidadas y las nuevas, las costumbres. Cambiaría todos mis libros por su despertar, por su salud. Los quemaría –mi único patrimonio– en la plaza Grenette si fuera necesario, si el Dios en el que no creo aceptara este sacrificio.

No rezo, pero juro que renunciaré a todo si es necesario. Volveré a vivir aquí, abriremos juntas un restaurante en La Dogana, como sueña desde hace años. O la ayudaré a freír pescado a lo largo de la costa, repartiré los cucuruchos a los clientes. Es mi voto, mi expiación.

Nos daremos codazos en el espacio reducido de la Iveco y hoy, este día atroz que ella no ve, habrá sido solo uno de tantos de nuestras vidas.

Preguntaron a los vecinos, dijo Piero. Pocos se encontraban en casa, en aquellos momentos los hombres estaban en el mar, los niños en el colegio y algunas mujeres habían salido a comprar. La vecina de enfrente de Adriana es anciana y sorda, una del piso de abajo tenía la televisión encendida. Nadie sabe nada. La voz que llamó al 118 sigue en el anonimato.

–Los servicios de emergencia actuaron rápidamente, en esto tuvo suerte –ha dicho antes el médico.

No ha podido asegurarme que vivirá. Cuando se lo he preguntado por segunda vez ha arqueado sus pobladas cejas y ha cerrado la carpeta, no me ha parecido una buena señal.

–Ahora vaya con ella. –Y nos hemos despedido.

Está acostumbrado a la muerte de sus pacientes, yo no puedo concebirla para Adriana. Esta es la diferencia. Me quedaré aquí hasta el último minuto de la visita de dos horas, sin avanzar ni un paso hacia esa posibilidad. No quiero prepararme.

–Este verano nos vamos de crucero.

Llevamos años diciéndolo, es un proyecto que se esfuma cada vez por mi escaso compromiso. Ella preferiría el Caribe, yo los fiordos noruegos, a lo sumo. Nuestras últimas vacaciones juntas se remontan a las acampadas libres y salvajes en tiendas de campaña prestadas. Hacíamos autostop, nuestros padres no sabían adónde íbamos. Carecían de la idea misma de vacaciones: nuestro padre solo paraba cuando el horno lo dejaba desempleado, y el trabajo de nuestra madre dentro de la casa no se consideraba digno de descanso o de ocio.

Adriana era rápida plantando las piquetas y desenrollando los sacos de dormir. En Umbría, cerca de Spello. En el Gargano, donde casi se ahoga en una cala.

–Allí también te salvaste –le recuerdo.

Intentábamos conseguir lo que tenían las demás chicas.

Si estuviera nuestra madre, ahora se arrodillaría frente al retrato de san Gabriel y los lirios, pidiendo gracia. Puedo verla murmurando fervientemente: «San Gabriel mío, uno te lo llevaste, esta me la tienes que dejar».

Cuando necesitaba algo, aparecía de improviso una multitud de santos y vírgenes, yo de niña la compadecía por eso. Ya tenía entonces una fe distinta, por la noche en la cama devoraba las páginas de *Cumbres borrascosas*.

Adriana no es realmente atea, pero, como muchos, no pierde tiempo en ello. En alimentar lo divino dentro de sí, o participar en rituales. Pero quiso administrarle los sacramentos a su hijo, hasta la confirmación. Yo no podía ser la madrina a causa del divorcio.

Los trazados parecen regulares, los números del monitor varían poco. Esa será la presión, siempre oscila en torno a 110/70. Todo este dolor permanece ciego y sin objetivo, no sabemos a quién ofrecérselo. Ningún Dios está encima de nosotras ni nos ama.

En esta intimidad anómala, con el sonido de fondo de las respiraciones asistidas, el susurro tenue y afligido de los demás familiares, ya no sé qué decirle, mi trabajo en la universidad la aburre.

–Sabes que no entiendo nada de esas cosas –dice cuando intento contárselo.

Entonces le hablo del gato que cada vez está más gordo y se afila las uñas en la alfombra nueva. A veces escarba la tierra de las macetas del rellano y la tira fuera. Por lo general es Christophe quien se ocupa de limpiarla.

«¿Al menos hacéis algo tu vecino y tú o no hay ninguna esperanza?», preguntaría en este punto Adriana, y yo le diría que es tonta.

Dos camas más allá suena una alarma, el pitido es continuo y agudo, la curva correspondiente se aplana. Acuden un médico y las enfermeras. Paro, dice uno, y comienza inmediatamente el masaje cardíaco. Adrenalina, pide el médico. Lori coloca los biombos clínicos alrededor de la cama, invita a salir a todos los familiares. Suelto el brazo de Adriana, lo estaba apretando demasiado por miedo. Delante de mí camina angustiada la familiar de la persona que ha entrado en paro cardíaco. Se detiene y se apoya en la pared del pasillo, parece a punto de desmayarse.

–Llamen a una enfermera –digo, y la sostengo.

Me invade un alivio, una alegría muda y feroz: no le ha tocado a mi hermana, no me ha tocado a mí.

20

No nos dejarán volver a entrar, el horario de visita está a punto de terminar, mi padre se despide en voz baja y se va. Volverá mañana, no esta noche, ya no conduce en la oscuridad y los faros lo deslumbran. Me preparo sin prisas junto con los demás familiares, nos cuesta salir de aquí. Piero me sigue a lo largo del pasillo, un hombre camina rápidamente en sentido contrario, nos miramos un momento. Su cara me resulta familiar, también su paso, tal vez se parece a alguien que conozco. Se le ilumina el rostro mientras nos cruzamos, me roza un brazo, ligera pero intensamente. Parece que quiere detenerse, hablar, y en cambio continúa, llevado por la inercia de sus piernas. Caigo en la cuenta tarde, me doy la vuelta y ya no lo veo. Estará en la sala de espera de Cuidados Intensivos, le dirán que no puede entrar. También ha venido por Adriana. He aquí a quién se parece, solo al recuerdo del muchacho que fue. Todos hemos cambiado mucho.

Piero insiste, no aguantaré si no como. Ante cada negativa sus propuestas se reducen: restaurante, cafetería, pizza en el bar del hospital.

–Comeré más tarde –lo tranquilizo.

Le pido que me lleve de nuevo a Borgo Sud. Se detiene donde le indico y me toca el pelo con un gesto que solía hacer cuando estábamos juntos. Su mano debe de haber conservado el recuerdo.

–Llámame cuando termines, vendré a buscarte.

Le sonrío y no lo llamaré. Se aleja lentamente en el coche. Estoy sola en este lugar que no me pertenece pero que ocasionalmente atraviesa mi vida. Es Adriana quien me trae aquí. Me parece que el cielo está más claro, y el aire sabe siempre a mar y a ajo.

–¿Quién eres? –me pregunta el niño que ha abierto solo un poco.

Desde el interior voces y televisión, el calor húmedo de las familias numerosas, el olor del almuerzo recién consumido. Pescado, seguro, también lo percibo en quien me observa con los ojos oscuros e impacientes.

–Soy la tía de Vincenzo –le digo.

Entonces abre más y Rosita ya está detrás de él. Se seca con el delantal y me abraza con fuerza. Nos separamos para mirarnos. De la chica que tenía el puesto en el mercado solo quedan los rizos y un destello lejano de sus pupilas. Tiene cinco hijos, a lo largo de los años Adriana me ha ido poniendo al día de sus embarazos. Se emociona por un momento, luego esboza una sonrisa que muestra una línea negra entre las cápsulas dentales y las encías. En la cocina todo el mundo se ha callado, solo los dibujos animados siguen parloteando.

–Claudio lo ha convencido, se han ido a un campo cerca de Francavilla para un partidito. Pero volverán pronto –dice Rosita.

Fue su voz al teléfono la que me hizo volver a Italia. Mi sobrino tiene un año más que su hijo mayor, crecieron juntos aquí en el Borgo, como sus padres.

Me siento a un extremo de la larga mesa del comedor, el mantel sigue todavía ahí con las migas de pan y las pieles de manzana. Dos niñas se acercan curiosas, trato de interesarme por ellas y enseguida olvido sus nombres.

–No has comido –adivina Rosita y se vuelve hacia la cocina para calentar algo, sin hacer caso de mis protestas.

–¿Y Vincenzo? –pregunto.

–Hoy sí, le ha gustado. Ayer todavía tenía el estómago cerrado. No le entraba nada.

Le han dicho que su madre no está tan grave, pero dudan de que se lo haya creído. Me quito la chaqueta y estoy a punto de colgarla en el respaldo de la silla, la niña de las colas la coge y la deja en algún sitio. Vuelve enseguida para ver en detalle cómo voy vestida. Se agacha bajo la mesa, observa los botines puntiagudos con los cordones y el medio tacón de carrete. Luego vuelve a subir.

–Llevas los zapatos de la Befana, pero son bonitos.

–Y me roza la manga de la camisa.

Rosita me pone un plato humeante debajo de la nariz, son solo cuatro *rigatoni*, insiste, Antonio ha traído un kilo de calamares y ella ha preparado una salsa sencilla. Empiezo por educación, luego como con apetito. La niña me mira complacida, la otra se pelea con los hermanos detrás de mí. La llama para pedirle ayuda.

–¿Dónde está él? –pregunto.

–En el mar. –Y calla un momento–. Con todos estos hijos que criar yo también tengo que hacer algo, por la mañana limpio escaleras en algunas casas.

Bebo un vaso de agua, ella pone la cafetera en el fuego.

–Hoy Vincenzo ha vuelto a la escuela. No lo hemos forzado, lo ha decidido por sí mismo.

Después de cenar quiere irse a casa, Claudio lo acompaña y pasa la noche con él. En el desayuno ya se sientan en esta mesa. Adriana voló desde la terraza a unas decenas de metros de aquí, en línea recta.

Rosita pregunta ahora por ella. ¿Cómo la he encontrado, da algunas señales? No. Duerme. A veces mueve los ojos, pero involuntariamente. Una vacilación, y luego: ¿Está entera?

Sigo sin entender cómo cayó, pienso en voz alta. Está distraída, sí, pero aun así, Rosita retira el plato, el tenedor y el vaso, y tira las pieles de manzana. Recoge el mantel en silencio y sacude las migas por la ventana. La cafetera borbotea y esparce el aroma del café. La niña de las colas viene y se queja: los hermanos están jugando a la Wii y ella no puede ver *Pokémon* en la televisión.

–Llévasela a la señora –le dice su madre y viene a pasitos, cuidando de mantener la taza en equilibrio.

–Ahora tú y tu hermana ordenad la habitación. Vosotros dos –Rosita levanta la voz dirigiéndose a los chicos–, id a hacer los deberes.

Se sienta al otro extremo de la mesa, frente a mí, y se sirve su café. Debe de ser su sitio, con la cocina y el fregadero al alcance de la mano.

–Entonces, ¿no estabas aquí en el Borgo cuando ocurrió?

–Ya te he dicho que por la mañana voy a limpiar escaleras –responde bruscamente.

–¿Y nadie te ha contado nada?

Hay una repentina reticencia en su forma de mover la cabeza de aquí para allá. Bebe un sorbo y me mira.

–Sin embargo, alguien llamó al 118 –digo–. Es extraño que no se quedara junto a ella esperando la ambulancia.

Rosita abre la boca, reflexiona un momento, renuncia. Vacila. Luego suelta:

–Aquí la gente cuando hay peleas mira para otro lado.

–¿Peleas? –repito.

–Todos los oíamos gritar, como las gaviotas, y a veces también se pegaban –suelta, tomándose el café de un sorbo.

Se levanta de improviso y amenaza a los chicos con quitarles la Wii durante un mes. Apagan y se van ruidosamente a su habitación. Me he quedado con lo que estaba diciendo hace unos momentos: también se pegaban.

–Pero ¿quién, Rosita, quién?

–¿Aún no lo has entendido? Adriana y Rafael.

Pero qué motivo tendrían para pelear, pregunto, hace años que se separaron, viven en casas diferentes. Solo Vincenzo los une.

–¿Y qué sabes tú desde Francia? Incluso le limpia la casa de vez en cuando.

Se sienta pesadamente, apoya sus manos hinchadas sobre la mesa. Me mira pacientemente.

–Solo que tu hermana tiene la lengua larga y de repente estalla la guerra, pero no creas que pierde, eh. Lo zurra. –Y golpea el aire con su mano derecha.

Elijo mis palabras con cuidado,

–¿Por qué me lo cuentas? ¿Tiene algo que ver con la caída de Adriana?

Suspira y gira la cabeza hacia un lado. Se queda mirando durante mucho rato la nevera, en la que sus hijos han colocado imanes y adhesivos de todo tipo, muchos del Pescara. Rosita los repasa uno por uno, mientras el corazón parece explotarme en las sienes.

—Antes se oyeron gritos.

No encuentro la voz para más preguntas. De todos modos no me respondería, aprieta los labios de ese modo obstinado, definitivo. Permanecemos así, en silencio, nos separa la longitud multiplicada de la mesa. De fondo, el tranquilo zumbido de la nevera.

Un estruendo en una de las habitaciones, filtrado a través de la puerta cerrada. Rosita se levanta y se arremanga. Me mira interrogativa.

—No te preocupes por mí —le digo—. Salgo a tomar un poco el aire y espero a Vincenzo fuera.

La niña de las colas reaparece, lleva la chaqueta sobre los brazos como si fuera un tesoro. Me observa mientras me la pongo y parece satisfecha del efecto final.

En el exterior respiro a fondo, la temperatura ha bajado. El ruido de los tacones sobre el asfalto me reconforta, estoy de pie, me muevo. Llego a la plaza, a un banco, el metal me enfría a franjas la espalda y las piernas. El verde cuidado, las últimas floraciones antes del invierno. Desde que el Ayuntamiento recalificó el área, cada familia se encarga de un parterre, me explicaba el verano pasado Adriana. Me mostró el círculo grabado en el pavimento, el símbolo del Borgo, de la comunidad marinera.

Permanecer en el círculo es la fuerza, la vida, su sentido. Salir es perderse, mezclarse, ir a enfrentarse con otros barrios. No vale la pena, el peligro ya está día tras día en el mar. Desde este punto no se ve, pero está más allá de las hileras irregulares de casas, ahora helado y oscuro. Es el amo de todos, aquí, el lugar de la fatiga. Es la fortuna y la muerte.

Es como si Adriana hubiera nacido aquí, en el Borgo. A veces le he propuesto que se mude a un apartamento más cómodo, con ascensor y la escuela para Vincenzo más cerca.

—Te ayudo con el alquiler —me ofrecía.

—No lo entiendes —decía moviendo la cabeza—. Lo que tenemos aquí no se encuentra en ninguna parte.

Su voz me resuena, un poco exaltada.

No sé cuándo la perdí, dónde se encalló nuestra confianza. No puedo rastrear un momento concreto, el episodio decisivo, un conflicto. Solo nos rendimos a la distancia, o tal vez era eso lo que buscábamos en secreto: un descanso, sacudirse a la otra de encima.

No me contó nada de sus peleas con Rafael. Sabía que se habían separado, no consideré las secuelas. En esto somos iguales, incapaces de despedirnos realmente de aquellos a quienes hemos amado.

Si es cierto que se pegaban, era su manera de mantenerse unidos. A Rafael ni siquiera lo considero, salió hace muchos años del grupo de mis afectos. Si es verdad, me avergüenzo de ella, Adriana sigue teniendo el vicio de levantar la mano. La utiliza allí donde no llega con las palabras. Solo su hijo y su hermana se han librado, pero su furia recae sobre nosotros como una tara, una culpa original. Está escrita en nuestra sangre, anida en nuestro interior, tácita.

Miro alrededor, a la luz de los días cortos que ya se atenúa. Los árboles, los bancos vacíos de la plaza Rizzo, las ventanas desde las que se ve cada movimiento. En lugar de una estatua pusieron el barco *Erminio padre* repintado de blanco y azul, las banderas triangulares deshilachadas por el viento. Es otro símbolo de los pescadores. Ahora estoy segura de que todo el mundo sabe cómo cayó Adriana, en esta familia, tan extensa y unida incluso en el silencio.

¡Danie' Danie'!, grita una voz desde arriba. Con esta Daniela, con la mujer que la llama y con las demás del Borgo, mi hermana iba a la playa al amanecer de cada 24 de junio. Juntas se mojaban los pies, las manos y la frente pidiendo al mar y a san Juan fuerza, salud e inteligencia durante un año. La última vez el agua se secó demasiado pronto en la piel de Adriana.

Un anciano pasa y me señala, le resulto extraña. ¿Qué estoy haciendo aquí? Sentada donde hace un siglo era un pantano. Yo también me lo pregunto. Espero a Vincenzo. Llevo dos días preparándome y ahora que viene ya no encuentro las palabras.

21

Llamo al timbre de la casa verde, aunque la puerta está entreabierta. No hablo con Rafael desde hace años, pero a veces lo he visto. Adriana me contaba con desgana su ruina, un poco cada verano. Vivieron una breve temporada feliz. Recuerdo cuando regresó de África y el barco reapareció en su lugar, amarrado a la bita. Entonces mi hermana lo ayudaba en las salidas de pesca, la única mujer del Borgo que se hacía al mar. Los domingos paseaban por el centro, con audacia. En aquellas dos horas creían que tenían la vida en sus manos.

Fue por entonces cuando se casaron. Pagaban sus deudas un poco cada mes e Isolina cuidaba de Vincenzo. Su nombre pintado en los laterales se quemó con todo el barco en el puerto una noche de luna ciega. Se encontró una lata de gasolina vacía, nunca a quien prendió el fuego.

Las cajas están desparramadas en el suelo, solo algunas están aún apiladas. Habrá sido el viento o esos gatos flacos que merodean por aquí. Una debe de haber sido elegida como cama, en el fondo destacan grandes gotas de heces blandas. Desde el interior, la guitarra desafinada se interrumpe y se reanuda unos instantes después. Está intentando afinarla. Pulso de nuevo el timbre y espero. Sale una gata blanca con manchas rojizas y negras, y se mete entre mis pies, los rodea frotándome la cola hasta la rodilla. Ahora también llega una voz.

Entro, no sé cuántos gatos vienen hacia mí por el pasillo. No veo, me muevo despacio para no pisarlos. El hedor a orina es irrespirable.

–Rafael –llamo y no contesta.

Canta sin energía una cancioncilla marinera. Está casi a oscuras sentado en la cocina. Enciendo la luz. Parpadea, extiende la mano sobre la guitarra rayada.

–Buenos días, *madame*. –Y me mira con los ojos legañosos, levantándose tranquilamente.

Un minino juega en su pierna con la cuerda rota, lanzándola por el aire. Otros dos parecen adornos sobre el tapete de ganchillo que pertenecía a Isolina. Me miran fijamente desde la mesa, quietos como esfinges. El cigarrillo se ha consumido casi hasta el filtro en el cenicero.

–¿Estás bien? –pregunto a Rafael.

El chándal deja al descubierto sus tobillos hinchados y cianóticos. No tiene nada en común con el joven de uniforme militar que acumula polvo en un estante.

—Estoy bien. ¿Cómo te dignas a venir a mi casa?

—Vincenzo está preocupado por ti, dice que no le abres.

Vuelve a afinar la guitarra, tensa las clavijas y prueba el sonido cada vez. Parece que se ha olvidado de mí.

—Mi hijo no tiene por qué preocuparse, sabe que me estoy quedando un poco sordo.

Coge por la barriga al gato que juega con la cuerda y lo deja suavemente en el suelo. Inmediatamente otro salta desde no sé dónde para ocupar el lugar que ha quedado libre en las piernas de Rafael. Le acaricia la espalda y le habla como a un niño pequeño.

—Estabas esperando tu turno, ¿eh?

De repente cambia el tono para dirigirse a mí.

—Si quieres sentarte, coge aquella. —Y me señala una silla.

Tiene el relleno destripado, se ve la espuma del interior. Me quedo de pie sin quitarme la chaqueta, hace frío aquí.

—Te has enterado de lo de Adriana, ¿verdad? —pregunto.

—Me he enterado de que se ha roto la cabeza, sí. —Y golpea con la palma de la mano en la caja de resonancia.

Los gatos que buscan alrededor de los cuencos vacíos se vuelven para mirarlo y luego siguen dando vueltas.

—Tu hermana nunca tiene cuidado —añade Rafael acompañándose con los dedos en las cuerdas—. Siempre le digo que debe tener cuidado, pero no cambia de actitud.

Nos distrae un ruido a mis espaldas, es un movimiento en un saco apoyado en la pared. Pienso con sabor a salmón, se lee, vitalidad para tus amigos de cuatro patas. Solo queda un tercio, un amigo se ha metido dentro y no puede salir. Se agita, maúlla asustado. Rafael observa las sacudidas del cuerpo aprisionado en el saco de papel y se ríe.

—Así aprenderás a ser astuto —advierte.

Finalmente, el gato sale saciado y aturdido. Los demás lo miran perplejos. Empiezan a picarme el cuello y las piernas. El suelo está sucio, el fregadero lleno de platos y sartenes con restos de comida incrustados. Si es cierto que mi hermana venía a limpiar vez en cuando, lleva semanas sin pasar por aquí. En un estante, un montón de tarjetas de rasca y gana en desorden.

—¿No estás trabajando? —me aventuro.

—Solo pensáis en esto: el trabajo, el trabajo. Te sientes fuerte porque tienes una posición importante, ¿verdad?

Me mira la boca esperando la respuesta, enseguida se impacienta y sigue:

—Pero mañana llega el fin del mundo y lo pierdes todo en un momento. Entonces te encuentras peor que yo, porque yo ya sé cómo se está.

Me quedo en silencio, impresionada. Sigue por su cuenta:

–En medio del mar era un rey, pero luego se me cayó la corona. En tierra no sirvo para nada.

Me muevo para alejarme de un gato que se frota fuerte contra mi bota. Sus orejas despellejadas están cubiertas de costras sangrantes.

–A este se lo está comiendo la sarna, esperemos que no ataque a los demás. Tu hermana no soporta a mis gatitos, los ahuyenta con la escoba.

Son demasiados, le digo, no es saludable vivir entre todos estos animales. Tampoco para Vincenzo, cuando viene.

–Tenéis razón, pero ¿qué puedo hacer si tienen hijos? Al principio solo eran cuatro.

Señala con ambas manos a la multitud hambrienta. Se mueven nerviosamente, con las colas erguidas. Me rodean.

–¿Me traerías una cerveza, por favor? –E indica la nevera.

Me siento un poco insegura, entonces decido dar los pocos pasos necesarios entre los cuerpos peludos. Se abalanzan en cuanto abro, soplan, se arañan entre ellos en la estampida.

–¡Hey! ¡Hey! Fuera, fuera –grita Rafael, y a mí–: Dales dos patadas.

Agarro la botella y cierro, algún gato corre el peligro de quedarse dentro. He entrevisto lonchas de queso mohoso, envoltorios vacíos, ensalada podrida. Todavía algunos arañazos entre los gatos, se calman poco a poco. Permanecen en alerta por la comida.

Le alcanzo la cerveza a Rafael, que la abre con los dientes. Bebe casi la mitad a sorbos ruidosos.

—¿Quieres? —Y me tiende la botella.

—Bueno, ya basta. ¿Qué le pasó a mi hermana?

Apoya la guitarra en el suelo y los gatos se suben encima.

—Por eso ha venido a ver a Rafael, la *madame*. Quiere saber qué pasó, pero Rafael no tuvo nada que ver: estaba aquí con vosotros, ¿verdad? Se lo dijimos a la policía.

Los animales se mueven como en una ola, todos a su lado, debajo de la silla, detrás, a los lados. Me miran hostilmente, apretados alrededor de su jefe. Ahora tengo miedo y él lo huele, más fuerte que el hedor que no puede oler. Vuelve a beber, acaricia al gato que tiene en su hombro como si fuera un *valet*, un secretario.

—A tu hermana le ha sucedido lo que se merece. Si se despierta, ya te contará ella que se está acostando con el ingeniero, lo trae incluso aquí al Borgo.

De nuevo ha cambiado la voz, como un actor que interpreta diferentes papeles.

—¿Qué estás diciendo? ¿De quién hablas? —grito.

Se levanta y coge el saco, los gatos se le echan encima, maullando enloquecidos. No utiliza los cuencos, tira el pienso directamente al suelo, ellos ya lo limpiarán todo. Sigue hablándoles, mimándolos, poco a poco, les dice, no os atragantéis. No sé qué me retiene aquí, en este espectáculo de la locura. Los *rigatoni* con los calamares se me remueven en el estómago, me recupero. En un momento alcanzo el pasillo y enciendo la luz, sorteo las cacas del suelo. Luego salgo y cierro la puerta a mis espaldas. Me apoyo en una farola y respiro profundamente, controlando las náuseas. Cuando levanto la cabeza, Vincenzo está allí mirándome, pálido bajo el mechón de pelo negro. Creía que estaba en casa de Rosita.

Ahora caminamos hacia el río. Marca el ritmo con sus largas y delgadas piernas.

–No sabía que tu padre estaba en esas condiciones.

–Papá no es malo, solo que se ha dejado ir un poco.

–¿Para qué necesita todas esas cajas que tiene delante de su casa? –pregunto.

Trabaja para un gran supermercado en la Tiburtina, comienza Vincenzo. Carga el pescado en el puerto y lo entrega. Debería deshacerse de las cajas vacías, pero ha amontonado las últimas allí. Tarde o temprano las tirará, asegura.

–No me parece que esté trabajando –observo.

No se siente muy bien en estos momentos, pero se recuperará. También tiene un problema con el permiso de conducir.

–¿Se lo han retirado? –pregunto.

No, solo ha caducado. Vincenzo es evasivo, o quizá realmente no lo sepa. Un coche pasa rápidamente, desde la ventanilla lo saludan con las manos.

–¿Y los gatos?

–Cuando te los encuentras alrededor, ¿cómo no vas a alimentarlos?

–Bastaría con mantenerlos fuera –digo.

–En fin, ¿la tenéis tomada todos con él? Mi madre, los vecinos, y ahora tú también –se queja Vincenzo–. ¿Qué os ha hecho? ¿Qué queréis de papá?

Le recuerdo que Adriana incluso intenta limpiarle la casa y se preocupa por Rafael.

–No se preocupa, lo juzga. Lo desprecia. Si va a limpiar, lo hace por mí, no por él.

No es un paseo, el nuestro. Camina con los puños hundidos en los bolsillos del chándal, un impulso rabioso. Me cuesta seguirlo. A los dieciséis años ya ha entendido demasiado y no sé cómo endulzarle la realidad.

–Tus padres tienen una larga historia. Estaban muy unidos, pero luego algo cambió. –Y le toco la espalda.

–Ahora solo se muerden. –Patea una lata vacía.

–Pero tú eres hijo de entonces, de cuando eran felices.

Me gustaría hablarle de Adriana y de mí, de los amores sagrados y algo equivocados que nos encontramos cuando éramos jóvenes. Tan distintos y ninguno de los dos destinado a durar. Fuimos nosotras quienes los mantuvimos vivos sobremanera. También me gustaría decirle que, al nacer, salvó a su madre.

En cambio me quedo callada hasta el cruce y luego le pregunto cómo le va la escuela, si sigue siendo tan bueno en matemáticas.

–Saqué un diez en el examen, tía, y la profesora nunca lo pone. –Disminuye la marcha y me mira.

–Lo sabía. –Y le aprieto la muñeca. Aposté por su futuro.

Giramos en la calle Andrea Doria, a pocos metros está la parada de autobús. Ahí viene, se enciende la flecha. Vincenzo se inclina a mi altura, me abraza de repente y me ciega con su mechón perfumado de champú.

–Salúdala, yo iré ahora cuando se despierte.

22

Había conseguido la plaza en Grenoble y me preparaba para irme. Adriana llegó en un tren de la tarde, sin el niño.

–Si me lo traía, no hacíamos nada –dijo, pero tal vez quería estar un poco a solas conmigo.

Desde la estación quiso recorrer la ciudad a pie, no había estado antes. Macerata le pareció pequeña, puso en duda incluso que hubiera universidad.

–Llevo dos años dando clase aquí, sabré yo si hay.

–Me reí–. Es muy antigua y prestigiosa. –Y le mostré la fachada del Palacio Ugolini.

–Entonces, ¿por qué te vas? –preguntó.

Me di la vuelta y me puse en camino hacia casa. El apartamento era pequeño y escueto. El único lujo era la cama de cuerpo y medio con el cabecero de hierro forjado, en la que había dormido la abuela de la propietaria. Desde Pescara me había traído poca ropa y también poco calzado, y los libros que consultaba para preparar las clases.

–Está claro que no usas demasiado la cocina –adivinó Adriana.

Casi nunca iba a casa para comer, y por la noche a veces me bastaba con pan y tomate. Inspeccionó la despensa y la nevera casi vacía.

–¿Cómo te las arreglas?

–Solo compro lo que necesito –dije.

Pero la llevé a cenar a Secondo, quería celebrar su llegada. Le encantaron los entrantes de fritos, devoró las aceitunas ascolanas y los champiñones *crimini* en un instante. El camarero recibió a los clientes que habían reservado, entre ellos mi colega de Historia Moderna. Se paró con nosotras y le presenté a Adriana. Era un hombre atractivo y lo sabía. Incluso yo me daba cuenta. Puso sobre la mesa su mano de uñas perfectas junto a la mía.

–Todavía me cuesta entender tu elección. ¿Y Morelli qué dice? –Golpeaba sobre el mantel blanco solo con su dedo índice, mi hermana lo devoraba con los ojos.

Mi profesor fue el primero en saberlo. Nos reunimos un domingo en un café de Pescara. No le sorprendió mi decisión y ni siquiera intentó disuadirme, de hecho fue generoso en sus consejos.

–Será bueno para usted –concluyó.

Nos abrazamos en la puerta, recuerdo la suavidad de su chaqueta y su discreto pero persistente perfume habitual. Tampoco le sorprendió el final de mi matrimonio, habíamos hablado de ello otras veces. Era buena para mí también la separación, supongo, y, sin embargo, lo lamentaba.

Adriana apenas dejó tiempo para que mi colega se sentara en su mesa.

—Además, aquí está este tipo, ¿cómo se te ocurre irte? —dijo, guiñando un ojo de nuevo.

—Aquí no estoy lo suficientemente lejos —dije—. Y no dejo de pensar.

Tragó un bocado y bebió el Verdicchio de su copa.

—¿En Piero?

Lo buscaba sin saberlo, en mis paseos por el paseo marítimo o por el centro de la ciudad. Un día leí su nombre en el letrero del despacho y no entendí cómo había llegado hasta allí. Me sobresaltaba cuando me parecía reconocerlo a distancia. De nuevo aquella sensación de cuneta o cambio de rasante, más dolorosa aún que antes. De cerca nunca era Piero, el parecido solo era un detalle que mi deseo ampliaba. Volvía a Pescara sábado sí, sábado no, solo para arriesgarme a la escasa probabilidad de un encuentro.

—Lo dejé ir así, de un día para otro —dije revolviendo el plato con mi tenedor.

Me quedé en la calle Zara solo una semana más que él. Ni siquiera me llevé los regalos de boda de mis familiares, debieron de acabar en algún lugar que desconozco, junto con mi matrimonio. Michela me acogió durante una temporada en Chieti, cada mañana íbamos juntas a la universidad.

–No podías hacer nada –dijo Adriana sirviéndose el vino–. Piero no es lo que creías cuando os casasteis.

Sin embargo, cada mañana me despertaba feliz al lado de aquel desconocido.

–Tengo que alejarme, aquí no cambia nada, es como el primer día.

–Al menos ten cuidado de no llevártelo contigo.

Quería obedecerla, pero Piero debió colarse en la maleta, escapando a mi control. Se expatrió conmigo, vicio incurable.

Aquella noche Adriana y yo nos acostamos en la cama de cuerpo y medio, contándonos cuando dormíamos juntas de niñas.

–Este colchón es ancho, entonces dormíamos con la cabeza de una a los pies de la otra –recordó–. Tú venías de la ciudad, pulida como una muñeca, y yo me meaba.

Sucedía a noches alternas y a ella parecía no importarle. Tendía las sábanas enjuagadas rápidamente en la bañera y no decía nada. Yo también fingía no darme cuenta de la cama mojada. Me confesó en Macerata su vergüenza, después de tantos años.

Por la mañana hicimos las maletas y limpiamos la casa. Colocamos los libros en cajas para enviarlos a Grenoble. Adriana hojeó con aire escéptico *Il gioco segreto* de Garboli, que encontró abierto en el escritorio.

Nos dividimos las tareas, yo la cocina, ella el baño. Cada tanto nos decíamos algo. La oía frotar con la esponja y el trapo, maldiciendo una mancha persistente del espejo. Esta no se va a ir, le grité con la cabeza en el horno. Hacia las once vino a preparar otro café y nos lo bebimos de pie. Hacía falta, dijo. Luego encendió la radio y volvió al trabajo. Cuando terminó, los sanitarios y los grifos brillaban.

Piero, en cambio, vació nuestra casa lentamente. Una tarde vino a recoger los restos de su vida allí adentro. Primero, una raqueta guardada en su funda y algunos años de la revista *Matchball*, con un campeón en cada cubierta roja. Luego abrió la puerta corredera del vestidor y una maleta, sacó las últimas prendas de las perchas. Las doblaba sobre la cama, con las manos un poco inseguras.

Lo miraba apoyada en el marco de la puerta. Dudó sobre una camisa de lino que le había regalado unos meses atrás, se demoraba con la tela entre los dedos. La puso dentro, sobre una camiseta. Se volvió hacia mí, rogándome una vez más que me quedara en el apartamento. En la casa que había comprado su padre, ni muerta, le dije. Insistió en que aquella era nuestra casa, mi casa. No tendría que afrontar la incomodidad de una mudanza.

–Ahora te preocupas por mi incomodidad –le grité.

Él, que siempre me mintió, que fingió amor y en cambio quería otra cosa, quería a otros. Él, que me engañó cada momento de cada día de nuestros años juntos. Grité así, hasta sentir que me excoriaba la garganta, la raíz de la lengua. Cuánto se había esforzado por complacerme en aquella cama y cuánto asco le había dado, sí, asco, repetía mientras él decía que no con la cabeza. Resbalé de espaldas contra el marco de la puerta y me encontré sentada en el suelo, me caían las lágrimas y me salían los mocos por la nariz. Se inclinó sobre mí y me acarició el pelo.

—No me esforcé y nunca fingí contigo. Mentí, esto es cierto.

Me arrastró en su confusión. Mis acusaciones se debilitaban.

—No lo hice a propósito —se defendió.

—¿No podías haberlo visto antes? —le repetía con la voz quebrada.

Apoyó una rodilla en el suelo. Cogió mis manos y las sujetó junto a las suyas, logró besar las mías, furiosas. Duró un momento, me liberé.

También podía odiarlo, dijo, pero él seguiría amándome incluso en contra de mi voluntad. Fue su última promesa y creo que, en el fondo, la mantuvo. Siguiendo las huellas de ese amor inflexible volvía a Pescara cada dos sábados. Todavía puedo percibir su olor en los lugares donde estuve con él. Es tan inmaterial, nuestra fidelidad.

Se levantó, lo oí cerrar la cremallera, trajinar con la maleta y otras cosas en el pasillo, en la entrada y en el rellano. El ascensor subió, se abrió. Me sabía de memoria todos los ruidos. Bajó en él.

Di puñetazos en el suelo entre mis piernas, luego me levanté de un salto y corrí hacia una ventana que daba a la calle. Del cielo invisible caía una lluvia espesa y vertical. Piero salió por la puerta, cargado, había aparcado justo allí delante. Colocó sus cosas en el maletero, por último la raqueta protegida en su funda. Estaba a punto de subir al coche y desaparecer. Reclamado por mi mirada, levantó la cabeza hacia nuestro piso. Se quitó la capucha y se quedó indefenso bajo el agua. Apoyé mis manos en el cristal y no sé cuánto tiempo estuvimos así, él con la lluvia que le pegaba el pelo a la frente y le corría por la cara. Se fue, mis dedos chirriaban sobre el cristal.

Creo que el apartamento se vendió pronto. No era difícil, en aquella zona y con semejantes vistas al mar.

En su segunda noche en Macerata, Adriana se sentó a mi lado en el sofá verde y me tocó con el codo.

–Pero diviértete en Francia, que si te quedas día y noche con la cabeza sobre los libros seguro que lo olvidas –dijo.

Nos comimos la pizza cogiendo las porciones directamente de la caja.

–Así no ensuciamos ni un tenedor. –Se rio.

Tras finalizar mi matrimonio, iba de la universidad a casa de Michela y viceversa, con escasas variaciones. No salía con ella a las calles de ocio nocturno de Chieti. También entonces me gustaba escuchar a los estudiantes al final de mis clases, mientras se preparaban para salir del aula. Escuchaba a escondidas sus esperanzas, su impulso hacia el futuro. Tenían prisa por graduarse, ganar concursos, ser felices. Me gustaría decirles: un momento, chicos, la clase comienza ahora. Os estáis engañando. Ocurrirá un accidente, una enfermedad, un terremoto, y vuestros sueños se truncarán. Os perderéis.

Guardaba silencio, me ponía la chaqueta lentamente. Sentía una gran ternura, eran tan jóvenes, no se merecían la verdad. Quién era yo para decírsela. Quizá la suerte se lo ahorraría.

Aquella noche Adriana y yo hablamos hasta tarde. Al final me contó un cotilleo sobre una compañera del colegio.

—Su amante contó a medio pueblo que ella le hacía ciertos trabajitos con la boca —dijo.

Imitaba la cara del marido al saberlo, exagerando las expresiones. Nos dio una risa incontenible, como cuando éramos niñas. Nuestros cuerpos recordaban la cama pequeña de entonces, nos abrazamos en el sueño mezclando nuestros cabellos.

Por la mañana la dejé dormir. Su tren no salía hasta el mediodía, el mío a las ocho. No nos despedimos, lo preferí así. Roncaba con el pelo enmarañado y un pie fuera de las sábanas. Le escribí en un papel que cerrara el gas y dejara la llave sobre la mesa, la casera pasaría a recogerla. Utilicé una ballena de goma como pisapapeles, era para Vincenzo.

Llevaba una maleta pesada, una mochila y una bandolera, por una vez, llamé a un taxi. En el corto trayecto hasta la estación comprobé los billetes de los trenes, los horarios de los cambios en Civitanova Marche, Bolonia y Turín. En el de Chambéry pensaría una vez cruzada la frontera. Me esperaba un largo viaje.

23

Voy a verla todos los días a las horas establecidas. Incluso en un lugar así se llega a pactos, se encuentra confianza. Mi hermana duerme y cambia, sus hematomas pasan del azul al morado y al verdoso. Se desplazan por gravedad, se reabsorben lentamente.

Después de dejarla, camino por el paseo marítimo. Cambio el aire de los pulmones e incluso mis pensamientos se aligeran. Las gaviotas, posadas sobre un muro, me miran con un solo ojo.

No fui a cenar con Piero y dejó de insistir. Viene a buscarme de vez en cuando a la salida del hospital, delante del hotel me despido y me bajo. Creo que tiene pendiente aquella invitación.

Han pasado muchos años desde entonces. A veces me asaltaba la duda de haberlo desenamorado yo, de haberlo empujado en una dirección opuesta a mi cuerpo. Me bastaba poco para sentir que las culpas eran mías.

Ahora no es difícil renunciar a verlo. Tomo pequeñas dosis, defiendo el equilibrio que he encontrado. Esta es hoy mi elección.

Adriana ha superado algunas crisis, la hipotensión.
En la entrevista de ayer, el médico de barba geomé-
trica hablaba de una noche complicada, de episodios
convulsivos, y me dio miedo preguntar más. Todas las
mañanas un fisioterapeuta le da masajes y le movi-
liza las extremidades, en la medida de lo posible.
Mientras tanto, ella duerme bajo el efecto del midazolam y del propofol. De flexiones y extensiones, del
tiempo que hace fuera, del mundo y de sí misma no
sabe nada.

Ese médico es crudo y directo al dar las noticias.
Se cura en salud, dicen los familiares de los pacientes en la sala de espera, así, si va mal no puedes que-
jarte. También ayer me preguntó por sorpresa si había
habido otros intentos de suicidio antes. No es de esa
clase de personas, le respondí, pero no se conformó.
¿Cómo se cayó entonces de una terraza? Tendiendo
la ropa, dije molesta. Ahuyenté la cara de Rafael que
se me apareció por un instante. ¿Y no me parecía extraño?, insistió el médico jugando con el bolígrafo. ¿Y a
él no le parecía extraño que colgara las sábanas en
la cuerda un momento antes de tirarse? Los acciden-
tes ocurren. No era curiosidad por su parte, solo quería invitarme a considerar también el aspecto psico-
lógico de la futura rehabilitación. Clic, clac. Siempre
que todo vaya bien. Clic, clac. Después del neurocirujano, la operó también el traumatólogo y le aplicó un

clavo endomedular en la fractura diafisaria del fémur. Clic, clac. En el mejor de los casos, no volverá a casa brincando, la recuperación será lenta y gradual, se necesitarán terapias y asistencia. Dejó el bolígrafo y respondió a la pregunta que leyó en mis ojos. Al menos durante un año.

No pensaba quedarme tanto tiempo. Había previsto hasta Navidad, hasta principios de enero a lo sumo. Imaginaba regresar a Grenoble después de las vacaciones de invierno, con la nieve en el césped del campus. Hace solo unos días me juraba a mí misma renunciar a todo cambio de la vida de Adriana, y ahora no estoy dispuesta a sacrificar un año por ella. Son tan frágiles mis resoluciones.

Estas semanas no he pensado en el congreso sobre las escritoras italianas de entre los siglos XIX y XX. Está programado para marzo, todavía no sé si posponerlo. Algunos colegas ya me han confirmado sus intervenciones, Martin-Gistucci anticiparía la nueva monografía sobre Matilde Serao. Tal vez podría dejar a Adriana por un tiempo, cuando mejore. En el Borgo la ayudarían y se puede contar con Vittorio.

La noche de mi primer día aquí nos encontramos en la sala de espera.

—Hoy no me has reconocido en el pasillo —dijo.

Le tendí la mano, pero él me abrazó, emocionado.

—¿Puedo hablar contigo más tarde? —le pregunté.

Dividimos la hora de visita por la mitad. Cuando salió de la sala y se sentó un momento para recuperarse lo esperé. Nos fuimos juntos, siguiendo las líneas de colores. Le pregunté por su trabajo. Dirige la construcción de los generadores en Collarmele, con esta ampliación se convertirá en uno de los parques eólicos más importantes de Italia, dijo en un momento de orgullo. Sé dónde está, la montaña desnuda con vistas al paisaje de Silone. Vittorio me propuso un aperitivo en un bar por el camino. No teníamos ganas de beber, pero en la mesa de la esquina estábamos tranquilos.

–¿Qué crees que sucedió en aquella terraza?

Era una pregunta que ya no podía contener.

–Solo ella podría decírnoslo –respondió Vittorio mirando hacia afuera.

Se quedó un momento en silencio, mientras el camarero nos servía una tónica. Luego comenzó a dar vueltas en torno a ciertas dudas, cauteloso al principio. Que ella no estuviera sola allá arriba. Que alguien la hubiera alcanzado, seguro de encontrarla allí. En el Borgo se conocen las costumbres de todo el mundo y, además, Adriana canta mientras tiende la ropa. Tal vez alguien subió las escaleras, llamado por su voz en la mañana. Debió de haber tocado un timbre, o habría entrado aprovechando que alguien salía. Nadie habla, en el edificio nadie vio nada. Pero entre ellos susurran sobre los insultos a gritos, sobre el chillido fortísimo y el golpe final. De no ser por el toldo del primer piso, Adriana habría muerto en el acto.

–¿Rafael? –pregunté.

Asintió apenas con la cabeza, y en la boca un gesto de amargura. Por eso no hablan, es uno del lugar y la gente del Borgo no se entromete entre el hombre y la mujer. Hace años que se separaron, objeté. En realidad, nunca, dijo levantando el vaso. Adriana limpiaba la casa de Rafael, es el padre de mi hijo, se justificaba. Vincenzo no debía encontrar aquella porquería, decía luchando contra los gatos.

Hubo peleas más violentas, la última vez por el dinero que le robó de la cartera. Se dio cuenta en la caja del supermercado y volvió para enfrentarse a él, encolerizada. Tal vez no esperaba esa reacción de alguien tan flaco.

–Estaba llena de golpes, pero se negó a denunciarlo. Solo prometió no volver a verlo.

Duró unas semanas, luego volvió a la casa verde con una excusa. No tenía miedo de un cobarde, decía. O aquel miedo, que ella conocía desde siempre, le era necesario.

Los cubitos de hielo se derretían lentamente en el vaso, Vittorio solo había bebido un sorbo. Revolvía los cacahuetes en el cuenco con la cuchara, sin comerlos. Pensaba en ella y estaba muy cansado.

–En la sala me han preguntado si soy el marido.

Respondió que sí, de lo contrario no lo habrían dejado entrar.

–En cambio, ¿tú quién eres para Adriana?

Se ven más, dijo evasivamente. Se encuentran en su casa, en el centro, a veces van al cine o a la playa. Solo en los últimos meses lo invitó a comer algún domingo de vez en cuando. Tal vez Rafael lo vio, o alguien se lo contó. Lo que era tolerable desde lejos no pudo soportarlo en el Borgo, donde las habladurías vuelan de boca en boca. Tal vez todo esto sean fantasías, dije.

–Sí, pero mira los moretones de tu hermana. No todos son compatibles con la caída.

–¿Qué quieres decir?

–Se ven las marcas de las manos.

Está enfadado con Adriana, que no lo escucha. Nunca ha escuchado a nadie, si es por eso, pero me lo guardo para mí. Es impulsiva, vive en desorden. Tiene a este hombre en la cuerda floja, le da un poco más y luego se aparta, el mismo juego de siempre. Algunas tardes se queda unas horas en su casa, pero no está enamorada. Luego se va a su furgoneta. La normalidad que le ofrece la asusta, ve la muerte en ella.

Aquella noche Vittorio me acompañó al hotel, Adriana estaba tan presente en el coche que podía oír su respiración mecánica.

Del espejo retrovisor colgaba un gracioso muñequito, lo atrapé en una de las oscilaciones. Él se volvió hacia mí y sonrió por un momento, asintió como si se lo hubiera preguntado. Aquel búho suave y alegre era un regalo de Adriana.

El portero de noche ya estaba de servicio, puso mi llave sobre el mostrador mientras me acercaba.

–¿Ha decidido hasta cuándo se queda? Así lo anoto –dijo.

Cogí la llave y permanecí en silencio delante de él, buscando una respuesta.

–Depende de la duración de mis compromisos en Pescara, no lo sé exactamente –eludí la respuesta.

Pero había que escribir algo en la reserva, insistió, amable pero firme. Por su forma de comportarse debía de ser el dueño. Lo odié de repente, a él y a su hotel, la letra rígida en la página del registro. El metal me sudaba en la mano.

–Entonces escriba que mi hermana está en coma y no sé si muere o se despierta, ni cuándo. –Y lo dejé con la cara estupefacta.

Ya me sentí avergonzada al subir al ascensor y quería disculparme, no con él, con Adriana. Era la primera vez que nombraba su muerte. Tenía miedo de haberla llamado.

Me senté en la cama, temblando sin la chaqueta. Un principio del invierno había entrado conmigo en la habitación, el frío de noviembre. Me rodeé el cuello con el chal que colgaba de la silla.

Llevaba en mis oídos el eco de las palabras de Vittorio. Ya no conocía a Adriana, no la reconozco. De lejos pensé que la tenía conmigo, pero era solo una vieja idea suya, de cuando éramos niñas, con los sueños todavía intactos. Quería abrir el restaurante de pescado en la calle Andrea Doria, cerca de La Dogana. Rafael amarraría el barco justo enfrente, descargando las cajas con las cigalas agonizando.

Volvía cada verano y para las vacaciones de Navidad, y no vi nada. Era un tiempo demasiado breve para conocer la verdad sobre mi hermana. Nos contábamos lo mejor de nuestras vidas, como se hace cuando se está lejos.

Trabajó cuando se presentaba la oportunidad, Vincenzo crecía. Me conformaba con eso. No sé cómo ella y Rafael llegaron tan lejos, Adriana lo acompañó en su ruina.

El día de mi boda me arregló la cola cuando entré en la iglesia, él la esperaba en el primer banco y le guardaba el sitio. Nuestros padres no sabían que lo habíamos invitado, pero por una vez no tuvieron nada que objetar. Era guapo, con los rizos fijados por el gel, la piel bronceada en el barco, los ojos negros y brillantes. Adriana se sentó a su lado y él le cogió la mano. La admiró, vestida de rojo. De vez en cuando les echaba

una mirada, mientras el cura celebraba y Piero sostenía su mano entre mis omóplatos. Una mariposa de la
col voló hasta el altar, se posó sobre el mantel de lino
y sobre alguna de las rosas blancas. Éramos todos tan
felices aquel día.

24

Abre los ojos y lo ve. No sabe de quién es esa cara. No reconoce el lugar. La dosis de midazolam está al mínimo, la conciencia retorna a la superficie. Algo roza entre la lengua y la garganta, un cuerpo extraño alojado allí desde hace quince días. La mano lo arrancaría, pero todavía no responde a las órdenes.

Tose, se agita. En la luz violenta, el anestesista habla con calma, le dice dónde se encuentra y le da alguna otra información. La llama por su nombre, ella lo escucha asombrada.

Son las ocho de la mañana y está casi destetada del ventilador, la saturación de oxígeno en sangre oscila entre 95 y 100. Apagan la máquina, se puede proceder.

—Vamos a quitarte esta molestia de la boca —le anuncia el médico.

Habla despacio para que se le entienda. La enfermera está a su lado, es el turno de Lori.

—Quieta, quieta —le recomienda, y le sonríe mientras aspira las secreciones traqueobronquiales con un succionador de fluidos viscosos.

Dos semanas de cuidados convergen en un solo instante: el anestesista desinfla el balón de seguridad y extuba a Adriana. Está libre. Se queda con la boca abierta y los ojos muy abiertos. Las primeras respiraciones, como cuando nació, pero ahora no llora. La contracción involuntaria del diafragma no es suficiente, utiliza la fuerza de los músculos pectorales grande y pequeño, de los músculos accesorios. Levanta las costillas y el esternón todo lo que puede, con la presión negativa el aire irrumpe furiosamente, llena sus pulmones. Adriana siente su soplo en las mucosas, entra y sale, entra y sale. Ya no está enriquecido ni es aséptico, es el aire impuro del mundo. A partir de ahora tendrá que defenderse sola: polvillo, virus y bacterias flotan en suspensión. Y todo el dolor que todavía no ve, sedado en las otras camas.

—Despacio, despacio, piensa solo en respirar —dice el médico e imita los movimientos apoyando la palma de la mano en el pecho. Ella lo mira, confía en él. Ralentiza, repite quince veces por minuto el acto necesario para permanecer entre los vivos. Lo aprende todo de nuevo, al comienzo de su edad madura. Tose de vez en cuando.

En las horas siguientes se va durmiendo y despertando, se desorienta en cada despertar. Oscila entre el estar y el no estar. Alguien la vigila continuamente, pero logra arrancarse un electrodo de la piel y luego el catéter venoso central. Desencadena un concierto de alarmas y pierde sangre a borbotones.

En ese mismo momento, en un banco, trato de leer el periódico que he comprado, pero la pena que siento por ella me distrae. Quizá ya se ha encontrado desnuda y sola en manos extrañas, con la gente que duerme a su alrededor. Quién sabe cuánto recuerda de sí misma. Me imagino lo que está pasando, me pierdo en el artículo y lo dejo. Espero verla y el tiempo nunca ha sido tan largo.

Escribo a Christophe que todavía estoy en Italia, Héctor está en sus manos. Su respuesta hace vibrar inmediatamente mi teléfono en el bolso: no debo preocuparme, lo recuperaré cuando vuelva. Le recuerdo que riegue también las orquídeas que tengo en el alféizar. Antes de irme le dejé la llave en el buzón. No lo ha olvidado, escribe. Siguen signos de exclamación y *bisous*. Estará delante de un ordenador, con las gafas un poco torcidas. Le sonrío desde aquí.

Mientras tanto Lori le ha lavado la cara y el pelo, y se lo ha secado con el secador. Ata la cola con una nueva red para vendajes.

–Tenemos que arreglarnos –le dice–, dentro de poco viene tu hermana.

La encuentro sentada en la cama elevada. Pensé que estaba preparada pero su mirada derrite toda resistencia. Abrazo su cuerpo frágil y de repente me doy cuenta de que casi la había perdido. Le han puesto una camisa con dibujos geométricos y lloro encima de ella. Celebro así su vida.

−¿Por qué estoy en el hospital? −protesta.

−Te caíste, ¿no lo recuerdas?

−De acuerdo, pero ahora me voy a casa. −Y levanta la sábana.

Siente curiosidad por sus piernas tan delgadas, mira el yeso y la herida aún fresca en la otra pierna. Pasa su dedo índice sobre las marcas de los puntos de sutura, luego intenta moverse para bajar y se le escapa un gemido. Aún está demasiado débil, le digo que debe tener paciencia.

−Te han operado del fémur, necesitarás rehabilitación.

Me mira asustada.

−Te ayudaré. Te acompañaré a las sesiones, no me iré. −Y le sostengo la mano, ligera de nuevo después de los días en los que pesaba inerte.

−¿Has recogido la ropa que he tendido? −pregunta como si solo hubieran transcurrido unas horas.

−Sí, incluso la he doblado y la he guardado en su sitio.

Cierra los ojos y asiente varias veces antes de que el sueño la venza de nuevo. Al cabo de unos minutos se despierta inquieta.

−Vincenzo sale ahora de la escuela y no he hecho la comida.

−Hoy come en casa de Rosita y esta noche vendrá a

verte –la tranquilizo–. No te preocupes, ya es mayor y puede arreglárselas solo.

–¿Y tú qué sabes? –dice enseguida.

Todo lo que tiene que ver con los hijos no puedo entenderlo, es la historia de siempre y ya ni siquiera duele. No me arrepiento de los hijos que no he tenido. En ciertos momentos los he echado de menos, pero nunca los he querido realmente. Podía existir sin ellos. Nos quedamos un rato en silencio, en este reencuentro tan distinto de las otras veces.

–Si muriera, ¿llorarías? –pregunta luego.

–Claro, pero ¿qué clase de preguntas son estas?

–En el funeral de mamá no derramaste ni una lágrima, por eso te lo pregunto.

Qué sabe ella, si llegó al final, le recuerdo después de todos estos años.

–Se veía por la cara –dice segura.

Intenta ponerse de lado, se recoge en la posición favorita para dormir. Se mueve con cautela, no suena ninguna alarma.

–Ahora cuando salgas ve al Borgo, a la parroquia de Gesù Maestro, y reza una oración.

–¿Qué oración?

–Una que recuerdes. Por Vincenzo y por mí, y también por ti, que puede servirte.

Me gustaría preguntarle algo más, pero ya no me escucha.

–Si encuentras a don Giorgio, salúdalo de mi parte.

–Y la voz ya viene de la oscuridad.

La miro durante un rato, en el sueño casi natural. El horario de visita ha terminado y los familiares se alejan de las camas y se dirigen al pasillo. Hoy mi paso sobre el linóleo es ligero.

Tengo toda la tarde por delante y no tengo hambre. Voy a pie hacia el Borgo, reflexionando sobre la petición de mi hermana. Entre los coches parados en el semáforo en rojo, una colegiala con trenzas rubias me saluda con la mano en el cristal.

Una oración, quiere Adriana, y ya no me sé ninguna. De niña, sí, todas de memoria. Realmente no las he olvidado, pero si intento susurrar una entre mis labios, suena falsa. Como la señal de la cruz cuando entro en una iglesia solo para verla. Dejé de creer hace muchos años. Sin embargo, está creciendo incluso en mi boca una misteriosa gratitud por esta salvación.

Por el puente pasa una moto sin silenciador y me ensordece, espero que el ruido se pierda zigzagueando en el tráfico. A lo lejos el otro, el Ponte del Mare, con sus baupreses y cabos, suspendido sobre el agua dulce y salada de la desembocadura. No muy lejos se encuentra la noria parada. Me gustaría ir con Adriana cuando pueda. Ya oigo sus gritos y risas en el punto más alto.

Su pierna me preocupa, lo hablé ayer con el traumatólogo. Dijo que el problema es el nervio femoral, tenemos que ver lo que recupera en los próximos meses. No puedo imaginarla cojeando, será por eso que debo rezar. Y también para acabar con la maldición que le echó mi madre una tarde lejana.

Sé dónde está la parroquia del Borgo que dice Adriana, ocupa la planta baja de un edificio y la puerta da a la plaza. Tiene las ventanas abatibles verticales de dos hojas y el letrero de neón está siempre encendido para que los marineros puedan verlo al salir de casa en la oscuridad cuando van a pescar.

Voy allí, a primera hora de la tarde. Dentro de poco me sentaré en un banco sin duda vacío y expresaré deseos para el futuro de Adriana. Que disuelva el matrimonio contraído en secreto un domingo de mayo en Punta Penna en la iglesia junto al mar. Me lo dijo meses después, los testigos fueron Rosita y Antonio. Esta vez la acompañaré yo a un abogado.

En cuanto a mí, espero sin prisas el regreso a Grenoble. Echo de menos el aire del fondo del valle y la humedad de los dos ríos, incluso el polvo fino. Echo de menos la vista de las montañas desde las calles de la ciudad.

Sé qué pedir, pero no a quién. El cielo de noviembre está limpio y desierto. Solo las leyes eternas que rigen el movimiento de las estrellas y los ciclos de las estaciones en la Tierra traerán la suerte para Vincenzo, y tal vez un poco de paz a mi hermana. Esta es la única oración.

Un agradecimiento particular a las mujeres y los hombres del Borgo Marino de Pescara.

Esta primera edición de *Las hermanas de Borgo Sud*,
de Donatella Di Pietrantonio, se terminó de imprimir
en Romanyà Valls de España en octubre de 2021.
Para la composición del texto se ha utilizado la
tipografía Celeste diseñada por Chris Burke
en 1994 para la fundición FontFont.

DE UNA INTENSIDAD INOLVIDABLE

DONATELLA DI PIETRANTONIO

La Retornada

Hay novelas que pulsan cuerdas tan
profundas, esenciales, que sacuden el alma.

NOVELA

DUOMO
NEFELIBATA

«El tejido verbal sustenta el tejido
emocional con excepcional maestría
y seductoras imágenes poéticas.»

EL PAÍS BABELIA